Ella

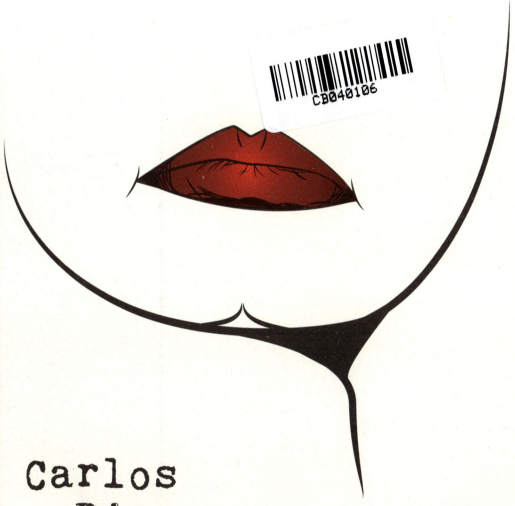

Carlos Dias

Literare Books
INTERNATIONAL
BRASIL · EUROPA · USA · JAPÃO

Ella

Rodrigo e Antônio Pedro, quando crescerem, caso não esteja mais por aqui, lembrem que escrevi por vocês. Foi minha forma de resistir...

1-Ella: pronome pessoal na 3º pessoa do singular, escrito do espanhol, totalmente mulher.

2-Ella: significa "outra".
É a forma normanda do nome germânico *Alia*, uma abreviação dos nomes que continham o elemento *alia*, que quer dizer "outro".

O nome foi introduzido pelos normandos na Inglaterra e utilizado até o século XIV, sendo revivido mais tarde no século XIX.

Ganhou ascensão nos Estados Unidos por meio da cantora de jazz norte-americana Ella Fitzgerald, entre os anos de 1917 e 1996.

3-Ella é um nome predominantemente feminino, de origem inglesa, que significa "a sua luz é o senhor".

Vou falar a você, foi nos caminhos do Acarape
que encontrei Chico Buarque apreciando um
vinho com Edith Piaf e Shere Hite. Tomei
dois cálices com eles e vim para o Paraíso
escrever sobre Ella.

Vida é o desejo de
continuar vivendo
e viva é aquela
coisa que vai morrer.
A vida serve é para
se morrer dela.
　　　　- Clarice Lispector

DEVANEIOS E DIVÃ-GAÇÕES dELLA

por
Percy Galimberti

Extremamente honrado com o convite para fazer a apresentação do novo livro de Carlos Dias, ELLA, espero cumprir, pelo menos parcialmente, a tarefa.

Já conhecia os livros anteriores, Dicotomia e Ele, que, desde a primeira leitura sempre me tocaram de uma maneira especial, pela linguagem coloquial, deliciosa, com frases e expressões regionais e locais, e pelo conteúdo misterioso e sedutor da curiosidade alheia, pois ao ler, queremos ler mais.

Encontramo-nos, inevitavelmente, no meio dos enredos, e queremos mais, sinal muito bom! Característica dos livros bons! Ficamos chateados quando vão chegando ao fim... tentamos esticar o final, resistimos.

Para tentar cumprir melhor minha tarefa, mergulhei novamente na leitura dos livros anteriores, e como proposta de apresentação de ELLA, trago as etapas percorridas: Impressões causadas por DICOTOMIA e por ELE, antes de entrar nas impressões e devaneios causados por ELLA.

Sou consciente de que qualquer interpretação minha da leitura desses textos traz, necessariamente, o viés de meu olhar.

O número de *leituras* está em função diretamente proporcional ao número de leitores, teremos, portanto, muitas *traduções*, muitas *leituras*, que são nossas interpretações.

DICOTOMIA

Neste livro, vemos uma luta natural e presente em todos nós, ainda que muitas vezes inadvertida por muitos.

Trata-se da luta entre a originalidade, entre o desejo de ser, apenas ser, e as forças hegemônicas que nos empurram para sermos assim ou assado.

Obviamente essas forças estão também dentro de nós, de tal forma que existe, sim, essa ambiguidade, essa ambivalência interna, essa luta entre nosso instinto de ser, deixar ser, deixar estar, e o modelo apreendido, pelo impacto da força de *tijolaços*, como escutei a professora Denise Silva do Nascimento[1] se referindo às formas, aos conceitos e preconceitos que são empurrados pela sociedade para cima de todos nós.

---
[1] Socióloga, professora da Faculdade de Psicologia da UFC.

No decorrer das páginas, o/a personagem que protagoniza as falas queixa-se e SE QUEIXA (aqui usando a forma que o autor deu a seu parágrafo) da incompreensão alheia em relação a seu ideal, dos obstáculos encontrados e apresentados por aqueles que o/a rodeiam, os mais próximos, que também são os obstáculos encontrados dentro de si, a dificuldade de liberação incondicional que existe dentro de cada um de nós.

"Me sinto enclausurado, preso pela abóboda celeste". "Canto em silêncio. Só para mim. Canto para ludibriar meus pensamentos" "Levanto, [mas] continuo preso por amarras imaginárias das sombras do meu passado". Quem é que poderia negar que essas fortes ligações com nosso passado nos prendem e muitas vezes nos impedem de alçar um voo livre?

ELE

Nas páginas do livro ELE, encontro o desenrolar natural das paixões, fantasias, devaneios e desejos naturais aos seres humanos.

A teoria psicanalítica, desenvolvida por Freud, nos explica que todos os seres humanos, independentemente de agrupamento social e povoamento geográfico, passam por necessidades e desejos de gratificação ou de prazer, e desde a infância encontram fontes de obtenção do desejado prazer. Ele (Freud, não ELE) diz que todos têm impulsos naturais, inatos, para a busca dessa gratificação.

No entanto, essa busca se reprime e se frustra pelo que a psicanálise batizou de *Superego*, que nada mais é do que o conjunto de regras e valores morais que regem o comportamento das sociedades, umas mais outras menos, mas todas repressoras desses instintos. Segundo Freud, é o preço que o ser humano paga para ser considerado *civilizado*[2].

Acho que a trama de ELE se desenrola pela trilha dessa luta, dessa necessidade inata de busca do prazer, e as forças contrárias, que representam todo o olhar atravessado, contrariado e condenatório da maioria contida, não apenas do ato (fato) acontecido pelo deslize e afrouxamento dessa repressão, mas também dos simples (e complexos) devaneios e sonhos de prazer.

[2] Freud, Sigmund, O Mal-estar na Cultura, Rio de janeiro: Editora Imago, 1972.

Assim, tanto o jardineiro como a governanta, ambos estão certos, estão dizendo as verdades, *suas verdades*, aquilo que lhes é possível dizer desde a arquitetura de seus mundos interiores, desde a rigidez e o rigor do recalque, por um lado, e a benevolência e a compaixão, talvez o amor, do outro.

ELLA

Minhas considerações sobre o livro ELLA contêm alguns parágrafos agrupados e resumidos, da própria obra de Carlos Dias, pois, nos devaneios em mim provocados, me senti instigado a tentar traduzir os sentimentos das personagens, sutil e poeticamente descritos pelo autor.

A poesia de Carlos Dias é fecunda, sutil, metafórica e ao mesmo tempo explícita. Uso aqui o termo poesia, com o sentido da acepção original grega ποίησις (poiesis), que denota o ato de criar, de gerar, a qualidade criativa que envolve a imaginação.

Pensando na forma e no conteúdo desta apresentação, me vi fazendo esta espécie de resumo de cada capítulo, pois, para achar o sentido do conjunto, temos de encontrar as partes.

EU O autor inicia se perguntando qual foi a deturpação da *verdade*, pois o pintor pode, sempre, transformar a paisagem natural ao estampá-la em sua tela. Mas a *verdade* pode não ser uma, una, única. Não é difícil, acho eu, aceitar essa ideia, quando o objeto de análise cai no campo vasto e complexo das subjetividades... isto é, das paisagens subjetivas...

A tarefa é dupla, trazendo, assim, a também dupla oportunidade de distorção... uma ao olhar, ao perceber, e outra ao plastificar, ao traduzir na tela, na voz, na escrita, no desenho, aquilo que acreditamos ter visto ou percebido.

O autor nos prepara, ou melhor, nos promete mistério: *a existência antes e depois de Vanessa será diferente*, com mudanças importantes, estruturais. Vanessa, diz Ella, acabou com sua vida, na verdade *a levou para outra vida*.

Este depoimento é sobre o ofício dElla: contribuir com os desejosos da morte voluntária. E sobre o que Ella sabe e pode dizer de Vanessa, que para nós ainda é um mistério. Nasceram no mesmo lugar, frutos da mesma terra. Uma dica.

Nossos mal-estares interiores, os outros não percebem, *só enxergam o exterior, a pintura. Desprezando ou descuidando o autor da obra. Na verdade, nas ruas, nas casas, nos prédios não reside o espírito da cidade, mas sim em seus passos, em seus aconteceres, em seus olhares e dizeres.* Esses passos a marcaram, a atropelaram. Foram os *tijolaços* nossos de cada dia.

O texto também revela um autor eclético, alerta também para os problemas sociais, oferecendo uma crítica ao sistema político-econômico dominante, incluindo, no relato, as desavenças e o sofrimento das populações locais, cada vez mais pauperizadas: os interesses de ganhos pessoais e políticos se unem para acabar com a paisagem natural, (industrial, jurídica e de Estado), *inutilizando a maioria, deixando a maioria sem utilidade, isto é, sem vida; mas, ao mesmo tempo, proibindo seu autoextermínio, pois, O Senhor é Vida.*

Tudo isso tem consequências nElla, e como não? Vítima das imperfeições ou aberrações do sistema. *Um atenuante, portanto, doutor, se por acaso tiver cometido algum crime.*

Desejo mais, diz Ella, preciso ser ouvida para me limpar dessa acusação imunda! Tenho esse direito, muitas vezes também atropelado!

Um pai trabalhando como *guardião da vida*, e uma mãe que os deixou, que morreu, ao se entregar ao próprio Deus. O ódio que já tinha por ela cresceu, aumentou. Ao morrer para eles, ela, a mãe, roubou também seu pai, que desde então morreu em vida, apesar de que *a Morte, rancorosa, não queria visitá-lo.* Bonita e criativa (poética) construção dessa frase! *Kudos!*

Finalmente, o pai decide tirar a própria vida, enganar a Morte, que o vinha rejeitando. A visão do pai enforcado a desespera. Ella sai endoidecida e sem rumo, *arrastando as cadelas, as vacas secando no sol, e os olhares sedentos dos machos.*

Sem saber, ou escolher, acaba sendo albergada em um cabaré da vida, onde perdeu a consciência. Privada de si, talvez semiconsciente, para garantir seu pão, entregou-se aos desejos mais instintivos, até dos defensores da Lei e da Palavra. No fundo, uma luz negra e a melodia suplicante: *Ne me quitte pas... ne me quitte pas...*

O leque de conhecimento que envolve o autor, sua formação eclética, como autodidata, aluno e professor desde muito cedo, como acadêmico pós-graduado e gestor-educador altamente respeitado, aparece também nos matizes psicanalíticos que muitos de seus parágrafos contêm. Como a seguir:

No bordel, Ella não podia mostrar o rosto, tinha que se transformar em alguma outra *persona,* como se fazia no antigo teatro grego. O oráculo da tragédia Édipo Rei tinha de ser cumprido, no entanto, sua máscara cai, a luz se acende, e acaba tendo uma sensação de déjà vu ao ver refletido no rosto do freguês o de seu próprio pai suicida. Justamente no dia em que alguém tinha se importado em lhe dar prazer.

O castigo da cegueira de Édipo recaiu no freguês, que ficou cego. E acredito que Ella tenha ficado, também, com sua visão um pouco mais turvada.

Não podendo suportar tamanha dor, juntou sua *história* e mais uma vez fugiu, ou assim tentou, de si. Querer fugir não deixa de ser querer esquecer, deixar de ver. Cegar.

E novamente foi acolhida, desta vez por um homem, *estranho, estrangeiro.*

A ILHA

Ernesto, o expatriado, a *persona non grata*, banida, acolheu-a, abrigou-a.

Ella reclama, acusa o Delegado de não ter capacidade de diferenciar entre a Morte e a morte em vida.

Ernesto era como um pai, dizia Ella, divertido, e inocente, apesar de seus alvos cabelos. Repressor de seus desejos ultrassecretos, não se atrevia a olhar para a nudez de sua protegida. Mas, *com as bênçãos do samba*, Ella conseguiu seduzi-lo à luz parca das estrelas, na escuridão do sol. Já quando o sol novamente se fez luz, Ella era uma nova mulher, *dona de si*. O amor é vida.

Usando a voz do autor, Ella pergunta, ao perceber o desconforto do Delegado: "Por que tem que associar amor ao pecado, senhor Delegado? É pecado ter prazer? Ou desejá-lo? E como poderia eu assassinar aquele que me deu prazer, meu cúmplice?"

Ernesto foi perdendo o prazer com as coisas do dia a dia, sentia-se perseguido, sempre na iminência de prisão ou extradição.

Assim como Ella já fizera antes, Ernesto também queria fugir de si. Passou a viver perdido, alienado. Com a angústia que a incerteza traz, já vestia a cor do nada. Com sua sabedoria, misturou essências, produzindo o néctar do antissofrimento. Foi assim que possibilitou a morte do sofrimento, vencendo-o.

Com seu ensinamento e sua crucificação, resolvi fazer a minha parte, diz Ella, *colaborando com o fim das aflições.*

Quando o autor nos fala da necessidade de alimentação da interroganda, entendo que se trata de algo imaterial, algo que foge ao vulgar, ao trivial: o alimento *gourmet*, por excelência: *"O alimento espiritual é necessário, preciso me nutrir! Seu doutor, agora preciso do maná, não porque esteja com fome, mas alimento é necessário. Maná."*

O MARCHANTE

Um dos primeiros a usufruir da bondade dElla foi o filho da mulher que a acolheu, que vivia no prostíbulo e tinha dez anos quando Ella chegou lá. Essa mulher traiu o marido logo depois do filho nascer, mergulhando seu *ex* no álcool, *para se livrar da dor*.

Quando o Zé presenciou a morte da própria mãe, assassinada, foi tomado por uma fúria incontrolável, *e enfiou uma garrafa no pescoço de um dos assassinos de sua mãe* que resultou ser aquele que motivou a traição dela. Este assassinato lhe trouxe alguma satisfação, algum consolo, mas o apagou para a vida.

O *pus da traição* o perseguia, levando-o a cometer assassinatos de mulheres, seguidos de ritual necrófilo. Não eram assassinatos, doutor, eram *sua obra de arte*, diz Ella.

Usando o relato dElla, o autor fertiliza nossa angústia, contando da confusão mental experimentada por Zé, por "*Qualquer Zé Mané, qualquer Caetano*". Somos todos esses Zés, somos todos uns Joãos, ficamos todos vigilantes, em estresse e angustiados, ao ler que o Zé, assediado pela polícia, separou-se da vida, foi um divórcio litigioso.

Perdeu o foco, não enxergava claramente, na confusão do *poliamor, na dança macabra da esperança com o absurdo e com a Morte.*

Os ingredientes estavam dados: incerteza, que leva à angústia, vergonha, que leva ao túmulo da solidão.

Sim, a melhor opção era abraçar a Morte.

Aqui o autor toca também no preconceito dominante, hegemônico, sobre o desejo de morte, que o associa frequentemente a transtornos mentais, à loucura. E o contesta, ou assim eu vejo: *não acho que a saída seria trancar, enjaular. Não me considere louca por pensar diferente do senhor, doutor.*

Eu apenas o ajudei, pois meu oficio é servir.

E devo dizer que já me considero inocentada de qualquer acusação!

NOME DO PAI

Ella promete falar de Vanessa, dizendo que foi ela que a mergulhou no nada. Os capítulos se sucedem, sempre com uma alusão, curta que seja, a esta personagem, ainda escondida, misteriosa, mantendo nossa curiosidade, estimulando o leitor.

Agora é a vez de falar do Júnior. Ele veio procurando alívio para suas dores, diz Ella, uma dessas dores, a *marca paterna*. Apesar de adulto já, parecia inocente, sonhador. *Seu espírito permanecia longe, distante, e seu olhar ia atrás dele, se perdendo na estrada imaginária.*

Júnior veio ao mundo para cumprir a tarefa de substituir as perdas, reencarnar seus dois falecidos irmãos que viveram pouco. Perdas que abalaram o casal de pais: a mãe sem mais ânimo para cantarolar, o pai, mergulhado no álcool, remoendo as lembranças de sua primeira esposa assassinada, de seu filho, abandonado, e dos filhos mortos.

Ella compreendeu que Júnior não falava. Ele se manifestava através de sua obra pictórica. Nela revelava a melancolia que encobria seu ser mutilado. Podia perceber isso ao olhar suas telas com vagar, dizia Ella. *Percebi que através delas se revelava sua história, como fotogramas.*

Através dos autorretratos que pintava buscava se perceber, se encontrar.

Suas paisagens eram indecifráveis, criptografadas. Enganosas.

A mãe o abandonou, e nunca mais foi encontrada.

O pai venceu a Morte, e agora Júnior queria encontrá-lo.

Eu apenas o ajudei nessa empreitada.
Ele não era insano, disse Ella. *Apenas sua visão de mundo era diferente da sua, doutor.*

Não o matei, pois vocês já o tinham matado. *Morrer não é perder a vida. Ele já estava morto.*

AMBICÍDIO
Sim, Vanessa representa meu fim.

Você me obriga a falar da irmãzinha.

Ella conta que ela (a irmãzinha) andava já morta, desde o *ambicídio* jurado e prometido.

Esta é a vida e a morte de Irmãzinha, diz Ella. Irmãzinha era gêmea, a mais velha das duas. A mãe as abandonou, quando tinham seis meses, deixando-as e abandonando também o pai delas, fugindo com o avô paterno das meninas. Desde a traição e o abandono, o pai, caminhoneiro, viajava mais e mais, para se embriagar com a poeira das estradas, se entorpecer e se alienar do sofrimento da vida.

Nos poucos momentos de convivência, era carinhoso com elas. Irmãzinha conta como, no dia que ela se machucou, o pai aliviou seu sofrimento, e sua dor se transformou em amor, paixão e desejo edipiano, *pensamento atrevido*, que sarou sua ferida.

Ao morrer o pai, quando tinham 15 anos, procuraram pela mãe que as abandonou, que *vivia com o apoio financeiro e emocional do avô paterno*.

As irmãs compartilhavam do abandono, eram cúmplices na dor.

Os desejos libidinais e os impulsos do *id*, como no livro ELE, aqui também estão presentes, pois não haveria como escondê-los. No caso, escrito de forma não escrita, aparecem os impulsos e desejos do avô. Foi para se livrar do assédio dELE e para ir ao encontro do falecido pai, que delinearam um plano.

Tudo era angústia, medo e clausura. Melhor fazer o pacto, argumentou a caçula. E assim o fizeram. Morreram as duas: a caçula se contorcendo em dores, a irmãzinha, congelada. Seu coração aí parou. Passou a sonhar com seu pai, *morria e morria*, e nem mais conseguia sentir prazer ao se tocar.

Eu apenas a ajudei a se livrar do sofrimento da covardia, doutor!

O Sr. também se mutila diariamente, doutor, mas tem receio de abrir a caixa das dores/prazeres, dos *ambipoderes.*

Caixa de Pandora que a irmãzinha sabia muito bem usar, mas usou até esvaziar. Aí não teve mais como. Sobrou apenas a opção do encontro. Do re-encontro.

VOZ DE MENINO
Agora é Joana Menino.

Cantava uma música melancólica, como o mar de Jeri à noite.

Foi até minha mesa, que ela mesma tinha reservado para mim, diz Ella, e se certificou que eu era eu.

Na Fundação, ela abriu sua alma, confessando sua história.

Já nasceu pesada, presa e *binomial.*

Nosso encontro representava a possibilidade de liberdade.

Teimou em nascer, apesar da mãe tê-la expulsado, desde o ventre. Fruto de um amor morto.

Abandonada pelo pai, que resistia a acreditar que ela tinha seu sangue, cresceu, desabrochando qualidades físicas e artísticas que a aproximavam cada vez mais dele, na lembrança da mãe.

Na inocência de criança de sete anos, cantarolava na natureza, corria livre, conversava com os animais. Neste momento, encontrei esta belíssima construção por demais poética e delicada: *quando a noite caía, divertia-se com as sombras e aprendia a contar com o auxílio das estrelas sem apontá-las para não criar verrugas.* Lindo isso!

Foi forçada a cair no universo real, sacudida pelas surras que a mãe lhe infligia, consequência da raiva despertada ao lembrar do ex. Foi acusada de ser a culpada de todos os males e maldições que caíram por cima da mãe e a impediram de ser. E foi condenada a esconder sua beleza.

Até que um *João* apareceu em sua vida e, apressadamente, o abraçou como quem abraça uma tábua em um naufrágio. Teve três filhos, dois mortos. Ainda teve um terceiro, que acabou abandonando, junto a seu pai, o João.

Acusada de ter abandonado incapaz, fugiu do investigador que seguia seus passos.

Ainda provou um passeio por *Lesbos*, sem grandes emoções, sem grandes recordações.

Sofrimento de criança deixa cicatriz n'alma, doutor!

Aquela criança livre, não era mais. Perdeu a liberdade.

O livre-arbítrio na verdade não existe.

Joana estava convencida de que mais lhe valia retornar para sua não-existência, à bolha da asfixia.

Antes de nascer para a Morte, entoou um canto lindo, agudo, que abrilhantou sua nudez, *sublime e imponente.*

Estamos cercados de dores que não vemos, que não percebemos, pois não são irradiadas nos altos volumes dos amplificadores. Jazem no escuro e no frio da solidão de cada um.

FIM *Vanessa foi a causa do mal.*
Restou só o estrago, o nada.

Não sei quem é o senhor que me interroga, com ira e aversão, doutor!

Mas vou falar, Ella disse: *Gostava dela. Ela era ela. Ela era eu.*

No mural dos encontros e desencontros da vida, a surpresa combinada: será homem? Mulher?

O mistério das borboletas em seu corpo denotava, quiçá, a natureza ambígua e transformista da surpresa.

Sob a hipnose de seu olhar, Ella paralisou duplamente. Como em uma catalepsia, porém, podia escutar, podia ver.

Esse momento mágico as transportou, rapidamente, até as ondas do mar, onde se amaram sem elaborar perguntas. Era apenas uma entrega doce e total.

Ella viveu sete dias com Vanessa, fora deste mundo, em êxtase, alheia ao próprio tempo. Sem falar. Para quê?

A linda canção de Chico Buarque, a que Carlos Dias se refere aqui, exemplifica a entrega sofrida (vivida) por ELLA e Vanessa: *Eu não sabia explicar nos dois /ela mais eu, porque eu e ela / não conhecia poemas / nem muitas palavras belas / mas ela foi me levando / pela mão / íamos todos os dois assim ao léu / ríamos, chorávamos sem razão / hoje lembrando-me dela / me vendo nos olhos dela / sei que o que tinha de ser se deu / porque era ela / porque era eu*[3]. Maravilhosa fusão que só é possível na entrega total e sem razão, sem porquê. Que exige o desapego total, *atingir o tudo através do nada.*

---

[3] Chico Buarque de Hollanda, Porque era ela, porque era eu, 2006, no livro CHICO BUARQUE, TANTAS PALAVRAS, São Paulo: Companhia das Letras, 2006.

Mais uma vez, o destino quis que a figura do pai, com ciúmes desse amor entre elas, tomasse a cena, pois, ao ser perguntada por Vanessa sobre seu *homem de referência,* Ella viu surgir e crescer diante de si a imagem dele. Contou-lhe quem era, e como era.

Sentiu a reação de Vanessa, que, enraivecida, contava da cegueira de seu pai e do amor que tinha por ela, adicionando ainda que ele era uma vítima, e isso bastou para que ela percebesse que Vanessa conhecia sua história e a de seu pai.

Seguiu-se uma briga feia entre as duas, essas brigas que acontecem dentro de nós, almas gêmeas, siamesas, a todo momento. Tornaram-se inimigas.

Foi o início do fim. A Fundação começou a ficar sem função, pois, devido a uma infecção imunda que passou a assolar Jeri, incubada no bordel que Vanessa abriu, os infectados, que eram muitos, desenvolveram a maldição da imortalidade.

Não podiam mais morrer, e, mesmo se quisessem, não tinham a força para ir em frente. Estavam exauridos, já eram defuntos vazios, se mexendo apenas pela inércia que condena à repetição eterna do nada.

Ela, então, se despede de si mesma, querendo, mais uma vez, partir, mas é capturada pelo Delegado e seus capangas.

Vanessa não era uma borboleta, doutor, era apenas uma lagarta com asas. Não era nada.

Eu não me contaminei, doutor, tenho energia, tenho forças para morrer e viver. Não acredito nos fracos, naqueles que não morrem, que não têm força para morrer, nos vivos.

Gostava de Vanessa.
Porque ela não era ela.
Porque ela não era ela e porque eu era eu.

Finalmente, ELLA conheceu a Vanessa, que era ELLA, que era Vanessa.

Finalmente, houve o encontro, a paixão, o êxtase, e o desencontro.

Finalmente, ELLA conheceu sua Vanessa, fundiu-se com ela, pois já eram uma, mesmo sem adverti-lo. Aconteceu a integração. A integração entre a matéria e a alma. A integração entre o sofrimento e o prazer, entre o passado e o porvir. Entre o nada, que também é tudo, e tudo, que também é nada.

P.S. PUTATIVO

Ella não é mais. Ficou na Delegacia, abatida com tiros do escrivão que, em movimento reflexo, tentou proteger o Delegado, que tinha sido descoberto como aquele que perdeu um olho no bordel, no dia da confusão com o prefeito, que ficou cego.

Apagou-se o pulsar dElla. Anos depois, ao revistar a Fundação, ela estava lá, congelada pelo tempo, mas ainda conservando os instrumentos para o alívio do sofrimento da vida.

Uma grande borboleta enfeitava a cabeceira da cama. Lugar por excelência para sonhar. Lugar onde ocorrem o amor e os devaneios, os devaneios e os amores. ELLA já cultuava as borboletas, de forma inadvertida, talvez, como acontece com todos nós, durante a vida. Nossos momentos de lampejos reveladores assim nos demonstram.

Criamos nossos mundos, ancorados em suposições e convicções necessárias, que nos encorajam a fazer isto ou aquilo. Derrapamos, também, em nosso caminhar, assustados por suposições e convicções *defensivas*, que nos impedem de enxergar nosso potencial, que nos impedem de ver aquilo que ainda não podemos ver. E deixamos de fazer, deixamos de nos entregar, deixamos de nos amar. Amar.

As trapaças ilusórias, necessárias.

Todos nós, incluindo o *pintor*, olhamos através de uma lente ou de um prisma, temos, portanto, uma imagem mental ou mesmo cerebral do objeto olhado, no caso uma paisagem. Ao transcrevê-la para uma tela, pode acontecer uma distorção consciente ou inconsciente, retratando algo diverso, distorcendo, assim, a *verdade*.

A paisagem, conforme registrada, também através de nossa lente ocular e mental, nos apresenta uma mensagem, que pode ser enganosa, pois vemos apenas o que queremos ver, ou melhor, apenas o que *podemos ver* naquele instante, naquele momento. Essa possibilidade é mutante, cambiante e poderá ser outra, em outro instante, em outro momento. Não estamos *pré-fadados* à cegueira eterna.

Destarte, pintor e paisagem fazem parte do binômio, ambíguo e líquido, onde os elementos se misturam, se confundem e fundem. Fazemos parte disso. Somos assim, somos frágeis, somos zeros, somos unos, dois em um, um em dois. ELE & ELLA. ELLA e Vanessa. Dicotomia biunívoca.

Carlos Dias, com esta reflexão inebriante, nos presenteia em superlativo, nos convida para a dor e a delícia do devaneio, do sonho, da realização onírica.

Somos um, somos dois, somos poli, e somos também *polis*, estamos na malha *civilizatória* que nos gera mal-estar, o preço que pagamos para usufruirmos de um pouco da aceitação dos outros, um pouco de segurança. É necessário morrer um pouco, ou dormir, para nos libertarmos do pan-óptico e apenas poder ser.

Entendi o conjunto das obras, Dicotomia, Ele e Ella, como parte de uma trilogia, onde o enredo acontece, se desenrola por avenidas que, de uma forma ou de outra, estão já registradas em nossa memória, em nossa história. Podemos reconhecer alguns detalhes e revisitar nossa caixa, nosso cofre das lembranças perdidas e talvez escondidas, consciente ou inconscientemente. *Re-conhecer*.

Ao dizer trilogia, não quero dizer que aqui, com este terceiro livro, termine o relato, o enredo. Acredito que, como quando os olhamos através de um caleidoscópio, os mesmos pedaços, os mesmos fragmentos sempre nos possibilitam novas imagens, novas paisagens, aliás, as imagens nunca irão compor a mesma figura duas vezes sequer.

Podemos, assim, esperar mais presentes como este, da criatividade de Carlos Dias. Eu já espero o próximo!

Percy Galimbertti é médico psiquiatra e psicoterapeuta, professor de Psiquiatria e Saúde Comunitária da Faculdade de Medicina da Universidade Federal do Ceará, morador de Sobral e Meruoca desde 2008. Formado pela Faculdade de Medicina da USP, e também especialista em Saúde Coletiva, e tem Mestrado em Sociologia, Doutorado em Ciência Política e Pós-doutorado em Ciências Sociais.

EU

Qual trapaça o pintor fez com a paisagem?
Antes e depois de Vanessa. É, assim, que divido minha existência. Do anonimato aos holofotes. De misericordiosa a assassina.

O que deseja? Minhas declarações? Você não entende. Eu os fiz felizes. Era o grande desejo de cada um deles. O meu trabalho foi auxiliar a realização das suas livres vontades. Agora, você quer me condenar? Deixe-me falar!

É fácil perguntar por que as pessoas se matam, o complexo é entender por que não se matam.

O que sei sobre ela? Vanessa destruiu minha vida. Além de ser a responsável pela disseminação da pandemia e destruição dos meus negócios. Essa é a única certeza que tenho. Todo o restante são mentiras floreadas.

Um instante! Minha vida particular não lhe diz respeito. Não importa de quem sou filha, de onde vim, casada ou não, nada disso tem relevância nesse momento. Fui coagida a estar aqui, para falar do meu trabalho e o que sei sobre Vanessa. Na minha concepção, isso está resolvido.

Em qual instante o senhor não entendeu, doutor? Já disse tudo que sabia. Não sei qual a importância disso. Calma! Tudo bem, vou falar. O senhor manda. Não precisa passar papoula no rosto.

Nasci em Santa Cruz, a 200 quilômetros da vila de Jericoacoara. Pode interromper. Sim, no mesmo local onde Vanessa nasceu.

Não, Doutor, não a conhecia. Somos de gerações diferentes, além disso, depois que vim embora para Teri, há dez anos, nunca mais retornei a Santa Cruz. Aliás, depois que cheguei, nunca precisei sair da vila.

Incrível, Dr. Justino, não sabia que se interessava pelos meus traumas. Não recordo de esses mal-estares algum dia terem acordado alguém. Vocês são todos iguais. Só conseguem enxergar com os olhos. Só veem a paisagem, desprezam o pintor. Realmente Santa Cruz é uma graça, mas as cidades não são os prédios, são os passos.

Nesse teatro que vocês chamam de zona urbana, Santa Cruz ganha o prêmio no *quesito sorriso funesto. Por isso, nunca retornei. Os passos que construíram o cotidiano dessa cidade deixaram pegadas por todo meu ser. Fui selvagemente atropelada.*

Tenha serenidade, doutor. O senhor disse que temos o dia todo. Ainda não passa das nove. Para entender o pintor, preciso falar da paisagem.

As maiores fontes de renda de Santa Cruz foram a cera e o chapéu de palha feita a partir da folha de carnaúba. Éramos considerados a capital mundial do chapéu de palha.

Numa determinada época, um empresário da cidade iniciou uma campanha falando do regime de escravidão ao qual esses trabalhadores eram submetidos. Isso ganha repercussão nacional e até internacional. Gente de todos os Direitos, de tudo que é canto do mundo, lança uma campanha pelo fim da exploração aos trabalhadores da carnaúba.

A campanha tinha como slogan: "Não à escravidão!" Diante do eco do movimento, o governo local proibiu esse tipo de trabalho na cidade.

No mesmo ano, foi instalada pelo então empresário humanista uma fábrica com maquinários de última geração capazes de retirar as folhas, extrair a cera e fazer os chapéus.

Com isso, os nativos da cidade não conseguiam lidar com essa nova forma de trabalho. Iniciaram uma série de movimentos sociais, que tinham como bandeira: "De escravo a inútil".

A agitação foi reprimida pela força bruta do governo, resultando em uma série de assassinatos e no fim do movimento. O Delegado responsável foi condecorado pelo feito.

Em compensação, pessoas de vários cantos do país assumiram as funções necessárias para tocarem a fábrica, enquanto os nativos começaram a suicidar-se. O índice de suicídio, durante essa época em Santa Cruz, se tornou o mais alto do mundo. No ano seguinte, veio a eleição para prefeito municipal.

Outra vez, o protagonista era o religioso empresário humanista. Candidato oficial da situação, tinha como lema "O Senhor é Vida" e a meta principal de proibir o suicídio.

Calma, doutor, deixe-me concluir.

O quê? Você ainda me pergunta onde estou nessa história? Sou o resultado dessa história. Sim! Estou falando de política. Ela é a consequência das nossas imperfeições.

Isso é parte da minha defesa. Não vim com advogado, pois não preciso.

Tenho consciência da minha inocência e, para mostrá-la, é necessário revelar os culpados.

Você fez uma pergunta: Por que nunca mais voltei a Santa Cruz? Estou respondendo. É meu direito! Posso concluir? Obrigada!

O protagonista oficial religioso, agora eleito defensor da vida, vigorou uma lei na cidade, que só existia lá, onde qualquer um que cometesse suicídio, os familiares mais próximos, esposa ou marido, filhos ou filhas, era posto nu em praça pública. Por eventualidade o suicida fosse solteiro ou solteira, a mãe, o pai ou a irmã pagava o pecado.

Até mesmo o defunto não escapava das regras estatais de manutenção da ordem e do desenvolvimento. Seu corpo descoberto servia de espelho, para que outros não cometessem a mesma violação legal. Ninguém escapava dos ditames da lei "O Senhor é Vida".

Isso mesmo, o Lema de Fé transformou-se em lei.

Eu tinha 15 anos, filha única, representava a última palavra do batizado, era o Júnior da família e ainda carregava um luto de dois irmãos que nunca conheci.

Para completar o tom dessa solidão, amanheci mergulhada nesse cenário.

Meu pai, após ter falido como chapeleiro, tornou-se o responsável por amaldiçoar aqueles que infringiam as normas do Senhor. Era o terceiro na escala do extermínio. Estava subordinado diretamente ao condecorado Delegado caolho.

Preservo, feito uma fonte de estimação, o caso das gêmeas. Foi a primeira missão do meu pai, como funcionário público. Não me lembro do corpo exposto, nem da atuação de papai. Contudo, o olhar coalhado da irmã, que permaneceu viva, reside em mim até agora.

Foi assim que vivemos durante alguns anos. Meu pai, o guardião da vida. Até que um dia mamãe o deixou. Aliás, o traiu. Trocou o simples guardião pelo próprio Deus.

Isso mesmo que o Senhor está a pensar, tornou-se a primeira dama do município.

Ao olhar para seu porta-retrato, doutor, observo que o senhor tem filha. Ela tem quantos anos? Importa sim, doutor, quem sabe você a sentir, em vez de presumir a dor, entenda melhor. Na foto aparenta uns cinco anos, é isso? Deve ter sido por volta dessa idade o desabrochar do ódio por minha mãe.

Aos quinze, fui afetada por inteira. Naquele instante, não a via apenas como a perfídia que roubou o meu pai, mas como a mulher que o traiu e o fez de mendigo da morte.

Todas as manhãs, via papai acordar e abrir a porta da rua a fim de certificar-se de que a morte teria chegado. Rancorosa, a morte não o visitava.

Com a esperança desfalecida, numa segunda-feira ao despertar, não o encontrei. Saí encarniçada pelas ruas, quando me deparei com uma multidão reunida na porta da casa do Deus da vida.

A distância, vi meu herói enforcado, a boca e o nariz espumavam, o azul dos seus olhos misturava com a violácea de sua pele. Destoando do trágico cenário, uma faixa ao lado do corpo, escrita com letras florescentes, bradava no ritmo da ventania: *Consciente, a montanha veio a Maomé.*

Ao ouvir meu clamor, a multidão voltou-se para mim. Sem saber para qual direção ir, obedeci ao sinal do guarda de trânsito. Meus passos avançaram para a praça. Ao chegar, de forma obediente, em nome da memória de papai, desfraldei-me e entreguei-lhe meu corpo.

Transtornada, saí a correr pelas ruas, não enxergava nada, a não ser os maridos sedentos, vacas esquartejadas em um frigorífico e uma cadela que me seguiu durante quilômetros até a porta de um cabaré, lugar onde, por destino ou por instinto, acolhida fui. Ao som de uma voz de menino cantando *ne me quitte pas/ ll faut oublier/...* Por lá, fiquei em cárcere de mim durante meses, e para garantir minha sobrevivência, saciei, na condição de não verem meu rosto, diversos defensores da lei "O Senhor é Vida".

Não, Delegado, cheguei a Jeri pelas mãos de um combatente. Posso continuar? Grata!

Por favor, não me interrompa com outros assuntos. Perco o raciocínio.

A dona do bordel era também conhecida e temida por suas bruxarias, e todos os meus clientes eram avisados por ela de que caso eles tirassem minha máscara, ficariam cegos.

Certo dia, já estava a dormir, o quarto todo escuro, quando ouvi a voz da madame avisar que tinha um cliente a entrar.

Coloquei rapidamente a máscara para esconder a minha vida, até ensaiei acender a luz, mas com sua mão de gato e o tesão afobado, o cliente interrompeu o ensaio e começou a apalpar meu corpo com sua língua e a bailar com a boca a partir dos meus pés, veio a provar cada parte com tanta sede, que fiquei toda molhada.

Era a primeira vez, isso nunca tinha acontecido comigo, doutor. Os clientes tradicionais do cabaré ignoravam meu gozo. O homem do escuro era diferente. O meu prazer era a sua satisfação.

Em seguida, virou-me de costas e, ao mesmo tempo que me cortava com seus dentes, bebia meu néctar. Depois, colocou-me de frente, lambeu-me e levou sua boca suja ao encontro da minha. Sentada, lacei seu corpo com as pernas e, até então virgem de prazer, desvirginei, ao sentir o regalo do regaço. Por fim, retirou sua carne e fez do meu rosto uma mesa de sobejo.

Sequiosa, retirei a máscara. Ainda ofegante, parou. Colocou-me de pé e, feito quem pausa uma cena para dar o zoom na imagem, acendeu a bendita luz.

Ficamos parados por instantes, um eterno lapso de tempo. Em meio a essa radiação de olhares, vi o rosto do meu herói suicida em sua face. Desesperada com o brilho luminoso daquele quarto, presenciei sua vista fechar e, aos gritos, dizia não conseguir enxergar. Enquanto isso, como quem escapava de um crime privativo, juntei toda minha história numa velha sacola e fugi mais uma vez.

No caminho da fuga, me deparo com um refugiado cubano, que trabalhava na vila com medicina alternativa. Fui acolhida e ainda hoje permaneço por lá.

Essa é a história doutor. Por isso, nunca mais retornei para Santa Cruz. O senhor está satisfeito por me fazer reviver tudo isso?

Por acaso ficou excitado, Delegado? Cuidado, ele ficou cego.

Caso não tivesse descrito a paisagem, não avistaria a trapaça do pintor.

A ILHA

    Tenho sede. Obrigada! Sim, doutor, pode perguntar.

    Não! O médico cubano não tem relação com os meus negócios.

Um momento, senhor Delegado. Não fale assim de Ernesto. Ele é o verdadeiro homem de prol. Sua memória merece ser preservada.

Apesar de ter sido vomitado da sua nação e repelido da minha, ainda conseguia carregar consigo a capacidade de agasalhar meros desconhecidos.

Fui apenas uma das diversas peregrinas acolhidas em Teri por Ernesto. Mesmo tendo sido proibido de exercer o ofício de médico no Brasil, tratava os indigentes com medicina alternativa. Socorreu sem ferir a lei de um Estado negligente aos seus "socorros".

Sim, Dr. Justino, falo em relação à memória de Ernesto. Garanto ao senhor, ele está morto.

Sua pergunta não é uma interrogação. São retalhos de fantasias da maioria.

Eu não matei Ernesto.

A sua ideia rasteira não permite ao senhor entender o que é a morte. Muito menos compreender os caminhos que levam uma pessoa a procurá-la. O senhor apenas faz parte de um rebanho que até anseia viajar por essa estrada, mas não suporta a hipótese. O patente é a razão que o faz viver.

Ernesto acolheu-me em sua casa feito um pai. A nossa vida sexual foi resultado da minha insistência. Homem divertido, tinha um portunhol cômico. Nem os cabelos brancos mataram sua inocência.

Sempre gostei de andar de calcinhas pela casa, às vezes saía do banho só de toalha e procurava embaixo do sofá o que não tinha perdido, enquanto sentado, Ernesto atalhava o olhar para outro canto. Afetuoso, não reclamava.

Certa noite, depois de quase dois anos juntos, fomos a um tradicional samba das sextas-feiras em Jeri. O samba da bênção. Um compasso binário encantador.

A vocalista com voz de soprano, a tocar partido alto, desdenhava da existência, a noite inteira.

Já era madrugada, e resolvemos, em vez de ir para casa, ver o sol nascer na duna do pôr do sol.

Na duna, após o mar apagar a luz do sol, a escuridão nos subverte. Com a lua mascarada, em corpo, o fiz de lençol. Nossas sombras testemunharam aquele banho de areia.

Encarnada de sereia, o seduzi. Experimentei cada uma de suas partes. Escorri seu rosto pelas minhas pernas até as cavernas. Súbito, chegou um Ernesto que desconhecia.

Audaz, quebrou meu porta-joias e começou a catar minhas pedras preciosas.

Boca e mãos escorregaram por todo meu corpo. Permaneci imóvel, observando o movimento das sombras. Em seguida, arrastou-me para cima do seu ser e habitei em si.

Rendida, ele chegou até a minha joia secreta, com isso apropriei-me do seu falo e mordi seus mamilos. Subvertemos os gêneros e a ordem, e na escravidão do desejo, vivenciei um coito andrógeno.

Destruída e reconstruída, comecei a ver o ardor e a claridade de uma nova testemunha rebentar.

Após esse dia, nasceu uma nova mulher. Dona de si.

Ganhei de Ernesto as rosas de Cartola. Nos trocamos com a flor de Noel. Traímos com Vinicius. Refizemos papéis. Fui Amélia, fui Geni. Eu, realmente, vivi o verdadeiro amor de Jeri.

Relaxe, doutor. Até parece que o violentei com minha fala.

Ao contrário, estou lúcida, acho extremamente relevante. Estou falando de prazer.

O senhor é que está louco, relaciona prazer a pecado.

Qual das suas afáveis transformou-se em crueldade?

O senhor é que está fugindo do contexto da discussão, partindo para ofensas pessoais. É carência de argumento?

Não, Delegado! A princípio, o que observo é o senhor responsabilizar as pessoas que têm prazer associado aos supostos pecados do mundo. Em seguida, veio insinuar que Ernesto estava envolvido em meus negócios e, o pior, que assassinei o homem que me deu acolhimento e prazer reprimido na maioria das mulheres.

Doutor, entre nós existia amor, cumplicidade, era além da carne.

Vou chegar aonde o senhor deseja. Mas já é quase meio-dia. Estou faminta. Tenho direito a comer?

Tudo bem. Almoçarei depois de chegar à morte de Ernesto. Assim, nutrirei sua curiosidade e esclarecerei aquilo que apagará.

Ao vir para o Brasil, Ernesto desejava se reinventar. Não era apenas um refugiado cubano, estava, também, em busca de exilar-se de si. Acredito que tinha a pretensão de ser outro. Mas o sistema o impediu e aquele homem sem pertencimento passou a viver a dimensão do perdido.

Começou a cavar e penetrou no buraco da angústia. Nos últimos dias de vida, sentindo que seria preso ou extraditado a qualquer momento, por um Delegado que passou a ser sua sombra, passava as noites em claro e, ao romper o dia, dirigia-se para a árvore da preguiça e vestia-se com a indecência do luto.

Deixou de atender as pessoas, abandonou seus livros e em seguida suspendeu minhas aulas. Ernesto mergulhou-me no mundo da literatura, um universo que desconhecia. Por muitas vezes almocei com Nietzsche e dormi com Schopenhauer.

Numa certa manhã, o encontrei na cozinha fazendo um coquetel de substâncias, para mim, até então, desconhecidas. Curiosa do que se tratava, Ernesto a descreveu como sendo a essência para eliminar o essencial. E mostrou-me como produzir essa substância e bebê-la, até esgotar o cálice da amargura.

Fiquei bastante assustada. Mas o cubano foi cirúrgico. Mirou na maior das minhas feridas e suturou o buraco aberto herdado pela lei "O Senhor é Vida".

Aquele homem estava consciente do seu ato. Tinha a certeza de que, ao ingerir o coquetel, livrar-se-ia da dor da extradição e logo após criaria uma nação. Compreendi que Ernesto era uma vítima dessa sociedade e proprietário do direito de optar pela morte do sofrimento.

O ato heroico de Ernesto, mesmo a distância, simbolizou uma forma de descrucificar vítimas do purgatório reinante em Santa Cruz. Alicerçada neste episódio, edifiquei a Fundação *Espírito Eterno*. Percebi que havia chegado o momento de fazer a minha parte. Por isso passei a receber pessoas enlutadas e orientá-las a livrar-se da aflição da alma.

Por favor, agora não, Dr. Justino! Preciso almoçar.

Não, doutor, não estou com fome, estou precisando me alimentar.

O Marchante

Comi bem. Obrigada, doutor.

Sim, lógico que conheço. Pertence a mim.

Discordo. O seu problema é refletir sobre a morte feito uma criança.

O senhor não sabe por quê?

Para as crianças, todos que morrem ou foi de doença ou alguém matou.

Vou responder. Mas, antes, deixe eu fazer uma pergunta. Na sua geniosa concepção, o senhor acredita que matei todas essas pessoas que estão nessa lista?

Entendi. Então você quer colocar na minha conta, em virtude da lei não sei lá das quantas, que fui capaz de convencer toda essa gente a tirar sua própria vida?

Já disse e volto a repetir, elas procuraram. Assim como todos os outros que não estão na lista, mas quando percebia que não tinham a certeza do que desejavam realmente, as dispensava. Não gracejo com isso.

Sim, estou pronta para responder sobre qualquer personagem dessa lista. Lembro-me em detalhes de cada uma.

O Zé Cocão, como era conhecido, foi um dos primeiros a vir à Fundação. Já o conhecia da época em que morava no cabaré.
Era filho da Quinha, uma prostituta, que diferente de mim, era puta porque gostava de ser puta.

Logo quando Zé Cocão nasceu, traiu o marido. Decepcionado, o pai de Zé tornou-se alcoólatra. Utilizou a bebida para livrar-se da dor.

Vocês deveriam processar os produtores de cachaça.

Não, Dr. Justino, da mesma forma que fui procurada, eles descobriram a bebida.

Sim, calma. Vou voltar ao assunto.

Quando cheguei ao cabaré, Quinha já era uma mulher de certa idade e acolheu-me feito uma mãe. Inclusive, considerava-me, em público, irmã adotiva do Zé. Ela nos apresentava como irmãos, e para provar o laço genético, ajustava a verdade falando da nossa principal similaridade, a cabeça grande.

Ao passar a ter mais clientes do que ela, Quinha afastou-se, assim como distanciou o Zé do meu convívio.

Quando conheci, o menino deveria ter uns 10 anos. Literalmente, nasceu no prostíbulo. Presenciou por várias vezes cliente bater em sua mãe, chamá-la de *chifreira* e de meretriz aposentada.

Um certo dia, Zé Cocão assistiu à mãe ser espancada até a morte. Naquele instante, passou de vítima a assassino.

Ao presenciar a morte brutal de sua mãe, Zé reage. Quebra uma garrafa e enfia no pescoço do assassino. Por coincidência ou por destino, dentre os diversos espancadores de Quinha, a vítima foi Felizardo, o traidor do seu pai.

Lembro-me do seu semblante farto, ao conferir a face do defunto. Depois disso, Zé Cocão é apagado do mundo.

Pode repetir a pergunta?

Não, não. Só voltei a vê-lo aqui em Teri. E isso se deve a um fato. Ele tinha sido uma das vítimas acolhidas por Ernesto. Sem saber de sua morte, veio procurá-lo e nos encontramos.

Recordo que, ao nos ver, choramos bastante, como se fosse uma só lágrima, um só motivo.

Quando saiu, fiquei a recordar daquele instante e a perceber que existia algo estranho em seu pranto.

Fechei os olhos e levemente pus minhas mãos no imaginário do seu rosto, e percebi que suas lágrimas eram de rosário.

Conversamos pouco. Externou que gostaria de ser chamado pelo próprio nome, José Furtado. Falou da sua arte, açougueiro. E eu falei sobre a Fundação e o exercício do meu trabalho.

Aquele menino do cabaré não existia mais. Estava defronte de um homem bonito, *bon mot* e uma voz sedutora. Caso tivéssemos crescido juntos, teria orgulho de dizer que era meu irmão. Assim mesmo, via nele cacos de mim. Nos despedimos com o sentimento de breve retorno.

Ao contrário, Dr. Justino. Nunca o procurei. Porém, poucos meses depois, fui surpreendida com seu retorno.

Estava em busca sincera dos meus trabalhos. José trazia consigo uma árdua trajetória. De cara confessou que sua existência não valia a pena. Reconhecendo para mim e para si a inutilidade do sofrimento e a insensatez de estar vivo.

Fiquei atenta. Conhecia a origem, mas não sabia no que se transformou aquela dor.
No início, nossa conversa não foi fácil. José estava muito inflamado e se irritava facilmente, levando-o a não conseguir completar sua lógica.

Compassada, a ira foi exibindo sua face. José não gostava quando eu falava das regras da instituição. Aliás, de regras.

Ao perceber, deixei de cagar regras, e livre de mim começou a vomitar.

José, até chegar à maior idade, nunca tinha sido cortejado por uma mulher. Aos dezoito anos, foi assediado por Francisca, uma mulher mais velha por quem se apaixonou.

Certo dia, ao chegar à casa, com a roupa suja de sangue de vaca, viu Francisca menstruada a se masturbar.

A partir dali, passou a ver jorrar no sangue feminino o pus da traição.

O ódio da mãe realçou. A mulher traidora, assassina do pai, que o levou para o prostíbulo e o fez de Caim.

Infernado, José deu 18 facadas em Francisca, logo após, pôs nos braços a relíquia sagrada e deitou-lhe na cama. Segurou o falo e necropsiou todos os orifícios do cadáver. Numa reverência à fidelidade.

Ao amanhecer, esquartejou o corpo e enterrou os farrapos nas laterais de diversas igrejas.

Após esse fato, o campo magnético de José passou a atrair qualquer fêmea humana.

Sozinho na solitude de si, foi morar em um conjugado em cima do frigorífico onde trabalhava.

Inteligente, corajoso e persuasivo, logo tornou-se um dos chefes do seu trabalho.

Ninguém matava uma vaca, tirava a pele e esquartejava com aquela maestria. Negava-se a matar boi. Acreditava na existência de muita vaca para pouco boi.

Uma noite, saiu para beber acompanhado de si.

No bar, conheceu uma garota com indícios de ter sua idade. Entre um gole, um beijo e um galanteio, quando a moça deu por si estava ouvindo história no apartamento de José.

Alcoolizados e despidos, a moça ingere um gole a mais e começa a satirizar o dote do pênis do açougueiro.

Boi, vaca, mãe, pai e a variedade de fálus vistos na luxúria do cabaré vieram a sua cabeça. O efeito da bebida desaparece. E embriagado de si, repete o mesmo ritual de um ano atrás. Deu 19 facadas na garota. Logo após, seguiu rigorosamente sua necrofilia sacralizada.

Ao amanhecer, desceu com a falecida ao frigorífico e, com a precisão de profissional, espostejou todo o corpo. Em seguida, embrulhou os pedaços em sacos de lixo e, mantendo a mesma narrativa artística e religiosa, enterrou pastos de verme ao lado de diversas igrejas.

Não fiquei com medo, doutor.

José não se colocava nessa qualidade de assassino que deseja enquadrá-lo.

Por hipótese nenhuma.

Não é igual a qualquer outro. Para ele, não se tratava de um assassinato, mas sim de arte. Eu via o prazer ao relatar suas obras.

Sim, até para o senhor, mesmo sendo Delegado, falaria com o mesmo entusiasmo.

    Todavia, nem para mim, José Furtado contava de onde conseguia dinheiro para tanta farra, roupas caras, carro, sendo apenas um simples açougueiro.
    Nunca falou, mas penso que por isso foi despedido e passou a ser investigado dia e noite por um Delegado, acusando-o de roubo no frigorífico. Isso, sim, o desmerecia.
    Cheguei a essa conclusão, quando começou a mostrar o seu divórcio com a vida. Pois até então, desprovido de ansiedade e com o altruísmo de um artista, só expressava glória por suas histórias estarem sendo apreciadas por alguma plateia.

Por um instante, uma desavença mental o remete ao trabalho, ao frigorífico. Constrangido, trapaceou as palavras.

Vi, em seu discurso, o diálogo entre o absurdo, a esperança e a morte. Os três dançando juntos e separados como um *poliamor*.

Desempregado, perseguido por um Delegado, sentindo a proximidade da perda de liberdade e inevitável proibição de exercer sua arte, além da vergonha da possibilidade de ver sua imagem maculada como ladrão, matar-se seria a melhor opção.

Durante a despedida, simplesmente ficou insípido.

Não me admira essa sua opinião.
Para o senhor, prender é a solução.

José já vivia em um cárcere emocional.

O senhor acredita que enjaular seria a saída?

Solução para quem?

O que o senhor entende por psicopata?

Doutor, na sua visão, quem contradiz sua verdade é um antissocial.

Ao contrário, o seu emocional existia de forma tão preponderante que o asfixiava.

O senhor já atirou em alguém? Fale, Delegado.

Estou ciente de que a interrogada sou eu, mas tenho o direito de contradizê-lo.

Quantas alegrias, espontaneidades e liberdades alheias o senhor já matou?

Isso também o enquadra como um psicopata?

E o oposto, Dr. Justino? Exerço esse ofício por ser capaz de me colocar no lugar do outro. O senhor tem a capacidade de se colocar no lugar de um presidiário ou de uma vítima da sua justiça?

Sim, sou capaz de mudar, mas não para a sua direção.

Então já estou inocentada. Ajudei a livrar sua sociedade do José e ainda o fiz feliz, ao brindá-lo com sua própria arte.

NOME-DO-PAI

Engano seu, Dr. Justino.

Falar sobre Vanessa não me retira os nervos.

Ao contrário, Senhor Delegado. Isso é fantasia da sua cabeça. Ela só representa o fim. Como já disse, minha vida é marcada por antes e depois dela e esse depois é o início do nada.

Sim, podemos continuar.

Claro que me lembro do Júnior. Veio procurar meus trabalhos acometido de várias dores, inclusive a de carregar consigo a assinatura do pai.

Não lembro, senhor Delegado. Não sei se foi uma indicação. Enfim, não tenho ideia de como chegou a mim.

Recordo que era véspera de Natal.

Júnior deveria ter uns 25 anos, mas as feições eram de adolescente.

Não me lembro do seu olhar, nunca consegui fitar os seus olhos. Era como se ele estivesse sempre a buscar enxergar o que há de vir.

Foi difícil iniciarmos a conversa. Chegou um momento que tangenciei minha fala, colocando outros assuntos. Recordo, inclusive, que aconteceu um fato inusitado.

Comecei a relatar que não tinha tido um dia fácil e que era arriscado chover canivete.

Nesse instante, Júnior correu para baixo da mesa. Fiquei assustada com sua atitude. Aos poucos, em câmera lenta, foi saindo e voltou a sentar no sofá.

A passos lentos, respeitando seu silêncio e sua linguagem destituída de metáforas, fui penetrando naquele mundo longínquo que só seu olhar alcançava.

Antes de Júnior nascer, sua mãe tinha perdido dois filhos. É uma aberração da natureza, mas aconteceu.

O primeiro morreu quando tinha três anos.

O pai de Júnior trabalhava como guarda de trânsito e fazia plantão na creche onde seu primogênito estudava.

Em um pequeno instante de desalinho, no qual o acaso não perdoa, o pai exemplar e o competente profissional viu um carro atropelar seu filho que, cândido, caminhava na contramão.

Aos gritos, o pai pedia perdão ao filho, socorro ao mundo e indulto à esposa. Ao mesmo tempo que interrogava Deus, com todas as desconfianças de uma alma ferida.

Dias sombrios rondaram o cotidiano daquela família.

Até que dois anos depois, o pai foi promovido na Polícia e em seguida a mãe de Júnior trazia a notícia para o marido que estava grávida.

E ali, naquele momento, as luzes da casa voltaram a acender de forma radiante.

Poucos meses depois, veio a notícia, outro homem.

O tão esperado rapaz chegou e cresceu com todas as honras de quem seria a efígie ansiosa da espera.

Aos nove anos, o menino já tinha todos os sonhos futuros realizados na razão dos pais. Mas, novamente, o imprevisto resolve impor um hiato no destino dessa família.

Ao brincar de ser o pai, a criança dispara contra si um tiro fatal. A descrição desse afeto não formula uma frase. A única convicção é que o fato chegou vestido de remorso e maquiado de aversão ao divino.

Percebo lágrimas nos seus olhos, Dr. Justino.

O senhor está sentindo a dor do outro?

Por vezes, sentir a dor do outro dói mais.

Tudo bem, foi só uma observação, vou continuar.

Novamente sem luzes, a casa regressa à sombria escuridão. Pela segunda vez, a natureza aborta a lógica da vida.
Ela, amante da música, mas que sempre foi privada de ser cantora, passou a cantarolar ainda mais baixo.

Ele, alcoólatra em recuperação, vivendo o desmoronamento de um segundo relacionamento, passava madrugadas a se lembrar dos litros perdidos, da primeira esposa assassinada, do filho da falecida e dos dois filhos mortos.

Diante de um acordo, privado de fala, o casal resolve tentar se suportar.

Todavia, o acaso é um retalho desleal do tempo. Chega sem avisar, entra sem pedir. Impõe. Assim nasceu o Júnior que até os cinco anos, não se sabe ao certo o motivo, vivia com olhos marejados.

O garoto chega ao mundo com uma mala carregada de responsabilidades. Preencher vazios absolutos, ressuscitar mortos-vivos, curar dores eternas, essas e outras tatuagens estavam impregnadas no destino do garoto.

Júnior passou a aprender gostar do prato preferido do irmão mais velho, além de ter que apreciar vestir as roupas do irmão do meio.

Quando buscava a si, defrontava com um espelho sem aço, obstruído pela representação plástica do milagre e do castigo da existência.

Às vezes, olhava para a esquerda e se deparava com uma mãe que não parava de falar, contar, influenciar, convencer, chorar, dizer, reclamar, explicar, anunciar. O outro, um pai emudecido, fosco, cinza, como um dia nebuloso.

Inundado nessa tempestade, Júnior mergulhava no silêncio. Qualquer som acima do natural era motivo de angústia, desespero.

Não.

Diferente dos outros clientes, Júnior não falava sobre sua vida. Tudo que estou dizendo vi nas suas telas.

Não entendeu?

Júnior era um grande artista plástico, durante o tempo que esteve comigo, apresentou suas telas, falou sobre pinturas, quadros. Conhecia tudo de Van Gogh, às vezes não sabia se estava falando de si ou do seu ídolo.

Na sua arte marejada, conseguíamos ver as mutilações trajadas de melancolia.

Comecei a ficar cada vez mais interessada pela voz das suas personagens e a verificar cuidadosamente suas telas.

Enquanto falava e mostrava sua obra de arte, o diálogo era interrompido de hora em hora para que Júnior tomasse um copo cheio de água. Um ritual repetitivo inspirado nos conselhos e comportamento do pai.

Atar sua atenção sempre era complexo. Enquanto falava algo qualquer em busca de seduzi-lo, Júnior estava fascinado com o ventilador a girar. Mas se falasse que sua obra de arte é linda, de imediato escutava o eco vindo de sua voz: *linda.* Ou estranho, *estranho.*

Aos poucos, fui percebendo que suas telas figuravam o negativo do filme fotográfico da sua vida.

Seus autorretratos exibiam marcas de um olhar vazio e angustiado, porém livre, não fixava em nada, mas abrangia o todo. Às vezes, penso que pintava autorretrato como uma forma de se conectar consigo mesmo.

As paisagens eram confusas e imprevisíveis. Trapaças do pintor.

Lembro-me, também, de uma série pintada com a mesma rua, o mesmo percurso. Quando o questionava, ele apenas caminhava com os dois dedos das mãos pela estrada do quadro por várias vezes.

O singular vinha na assinatura das telas. O pingo do "I" de Júnior carregava a imagem de um planeta Terra cheio de cruzes.

Não sei ao certo, mas o que percebi é que a mãe de Júnior foi embora de casa, levando consigo as memórias dos filhos que se foram e a do filho vivo que não desejava.

Durante meses, foi procurada por um Delegado, acusada de abandono de incapaz. Nunca foi encontrada.

O episódio do desaparecimento da mãe estava retratado em uma tela, no qual seu autorretrato aparece refletido nos óculos espelhados do Delegado.

Quanto ao pai, Júnior veio a minha procura para tentar reencontrá-lo.

O que fiz?

Proporcionei junção aos separados.

Júnior não era louco, muito menos um anjo azul.

Tinha possibilidade de ser curado de que, doutor?

Na sua cabeça, existe cura para o espectro de Júnior?

Não diga isso, Delegado. O senhor é incapaz de interpretar os sinais e o grau de sofrimento desse rapaz.

Como todo mundo tem um pouco?

Ou está ou não no espectro e pronto.

A interpretação de Júnior do mundo é diferente da sua.

Confortável e gratificante para mim, sua afirmação. Realmente enxergamos a vida e o mundo por binóculos diferentes.

Eu o matei?

Quando o conheci já estava morto. Vocês o mataram. Morrer não é perder a vida.

Condenável não é minha atitude, mas sim sua doutrina fantasiada de opinião imposta.

Vocês são os que matam, e eu é que sou condenada por enterrar dignamente seus cadáveres.

AMBICÍDIO

Sei que o senhor sabe ver as horas. Mas estou aqui desde as oito e já passa das quinze. Quando serei dispensada?

O senhor está surdo? Nós já chegamos à Vanessa. Quantas vezes já disse, dentre todos dessa lista, o único significado de Vanessa é ser o fim.

Não acredito que o senhor está me fazendo essa proposta.

Eu não tenho obrigação nem dever de escolher sobre qual pessoa da lista vou relatar. Quero deixar claro que todos os acontecimentos aqui narrados são sigilosos, e meus relatos não estão sendo por livre e espontânea vontade, mas sim por coerção.

Dr. Justino, o senhor não está perguntando, mas sim mandando narrar a situação da Irmãzinha.

Pois seja claro, não ornamente a pergunta com adereços de ordem.

Preciso de um café. Obrigada! E mais uma vez, obrigada, irei falar.

Irmãzinha foi uma das pessoas mais doces que conheci. Nunca soube seu real nome. Ela era a incorporação física e psicológica de uma *irmãzinha.*

Ao olhar para dentro, vejo a sua imagem estampada, ao chegar à Fundação. Dia do meu aniversário, data que nunca comemorei.

Estava a olhar um álbum de fotografias, quando levantei a cabeça, vi aquela moça franzina de vestido florido surgir na minha frente.

Apesar de fragilizada e voz ferida, ela foi direto ao assunto. Sua irmã gêmea havia se suicidado.

Sim, ela era gêmea.

Quando nasceram, sua mãe ficou muito assustada. Não sabia lidar com duas crianças, duas despesas, dois choros, tudo ao mesmo tempo.
Nos primeiros meses, conseguiu suportar, com o apoio do marido e do sogro viúvo, que morava junto com o casal desde o início do matrimônio.
O pai das gêmeas trabalhava como caminhoneiro e viajava bastante. Logo, o ponto de apoio de sua esposa passou a ser o pai do marido. Mas pelo que percebi ao contar suas histórias, ele não se tornou essa bengala apenas em virtude do nascimento das gêmeas. Quando o casal estava ainda a namorar, o avô das meninas já representava esse papel.

Certo dia, cerca de seis meses após o nascimento das crianças, o pai chega à casa e vê apenas as duas meninas chorando e um bilhete com os escritos de despedida da esposa e do seu genitor.

Para Irmãzinha, eles não conseguiram suportar o fardo de duas crianças com a mesma natureza.

As duas cresceram, pelas mãos da complacência dos vizinhos.

Cabelos, roupas e codinomes iguais caracterizavam as irmãzinhas.

Quanto ao pai, passou a viajar cada vez mais, não sei se por fuga ou necessidade financeira, mas uma coisa era certa, os barbitúricos o moviam.

Ao contar sua vida, repetidas vezes, lembrava-se da alegria das duas quando ouviam o som do caminhão chegar. Corriam para os braços do pai, bagunçavam a boleia do caminhão e ganhavam os presentes trazidos da viagem.

Tem um relato dela, inesquecível. Sua irmã dormia enquanto tentava fazer um lanche. Em um instante de displicência, a panela que estava no fogo virou sobre seu braço. Já era madrugada e, aos gritos, sem ter um adulto para socorrê-la, começa a entrar em total desespero. Até que escuta o ronco do caminhão. Seu pai não costumava chegar naquele horário, mas parece que sentiu a aflição da filha.

O caminhoneiro a colocou nos braços, levou para o quarto e começou a cuidar de cada ponto da dor. Apesar da situação, Irmãzinha nunca se sentiu tão amada como naquele momento. Uma sensação de ter sido acolhida por uma mãe. Chegou até mesmo a ser invadida por um pensamento atrevido, que caso tivesse mãe mereceria estar sentindo mais dor, só assim seria mais sabujada.

As meninas cresceram fazendo da cumplicidade a alma da sobrevivência.

No dia do aniversário de quinze anos das meninas, o caminhoneiro acelerou o caminhão numa curva, com a força de quem estava fugindo de uma reta. O veículo capotou diversas vezes.

Quando o corpo chegou à residência, trazia no bolso da calça o dinheiro dividido em dois pacotes, escrito: *Irmãzinha I* e *Irmãzinha II*.

Ao contar esse episódio, retirou o casaco que cobria o decote do vestido florido e mostrou as marcas da queimadura no braço e sobre a lesão, sinais da automutilação que tinha feito no dia do velório.

O seu rosto estava todo ralado de saudade.

Com a morte do pai, as meninas ficaram sem ter para onde ir. A única solução encontrada foi morar com a mãe, que continuava solteira vivendo com o apoio financeiro e emocional do avô paterno das meninas.

A nova morada estava repleta de armadilhas emocionais.

Ao olhar para o homem da casa, não via a figura do pai, muito menos do avô.

No outro lado, uma mulher a ser chamada de mãe que nunca a acolheu como filha.

Defronte dela, a irmã. Apesar da mesma idade, da mesma face, era a imagem da responsabilidade, da lealdade e da cumplicidade que teria de carregar por toda eternidade vivida.

O que restou foi representar. Mas o castigo da encenação é o cárcere do ódio. Para mantê-lo preso, só a penitência.

O tempo passou, marcado por ataques antecipados contra si antes que alguém o fizesse.

Uma certa manhã, apropriada do olhar de quem balança o berço, viu sua irmã infectada pela cegueira da paixão.

Cúmplice, começou a esconder, omitir, alcovitar os passos da caçula.

Caçula, sim. Nasceu minutos depois da outra. Minutos que renderam um peso morto para a mais velha.

A moça estava vivendo um romance com um açougueiro, considerado pela família como estranho e sem amanhã.

Não demorou muito para o avô descobrir que a menina continuava a encontrar o esquisito rapaz. E a penalizou com uma surra temperada de muitas ameaças.

Ao passo que a mãe vivia o consolo de ter feito o certo quando abandonou as gêmeas.

Já a irmãzinha, vivia a correr para o banheiro e, antes do avô tocá-la, encontrava no estilete banhado no fervor da água o deleite da dor.

Desoladas, as irmãs passaram a viver enclausuradas no quarto. Até que um dia, por iniciativa da caçula, fizeram um pacto de suicídio duplo. Foi o jeito de reencontrar o pai e penalizar a mãe e o avô.

Escolheram o dia do aniversário de vida do caminhoneiro para realizar a sentença final. Acordo feito. A dupla morte simbolizaria o triplo desejo.

Contudo, todo suicídio carrega em seu ser a queixa da covardia. Após a caçula ingerir o veneno, feito quem toma a última dose do litro, Irmãzinha congelou e passou a presenciar a irmã rolar pelo chão gritando de dores até não suportar.

Ao ouvir os gritos, o avô e a mãe correm para o quarto. Ao chegarem, a menina já estava morta. Aliás, não sei qual das duas estava mais morta.

Vazia, procurada por um Delegado, acusada de cúmplice de morte da irmã, Irmãzinha sai de casa e passa a viver de canto em canto.

Quando as cargas da covardia, da culpa, do ódio, do medo preenchiam o seu vão, descarregava todo esse escárnio por meio de lesões em todo o corpo, até findar suas energias. Em seguida, deitava-se no chão frio, no pé da porta, e em posição fetal buscava sentir um aconchego que ficou de vir.

Durante uma grande temporada, ela foi sobrevivendo em meio a essa rotina. Ainda virgem, por vezes se masturbava de forma brusca até gozar na companhia da dor.

Sem saber explicar, começou a ter sonhos sequenciais com seu pai, sendo empurrado de um penhasco por uma pessoa desconhecida.

Apavorada com seu universo onírico, começou a sentir medo de dormir. Mas quando o cansaço batia e o sono chegava, o sonho voltava a se repetir, enquanto que o assassino continuava ignorado.

Após várias manhãs, o tempo morto prevaleceu ao tempo real. Os sonhos desapareceram.

A ida dos sonhos arrastou a imagem do pai e a dor como remédio das questões afetivas. Mesmo ao se masturbar valendo-se de toda força, não conseguia mais chegar ao acme.

Desiludida, veio à minha procura.

Ainda escuto seus suspiros, a sussurrar que a covardia à irmã doía muito, mas ter matado o pai a levou ao fim da dor *re-ferida* e da condição de sentir-se viva.

Não, Dr. Justino, nunca antes Irmãzinha havia tentado suicídio.

Mutilar-se não é suicidar-se.

Quantas vezes ao dia o senhor e os seus se mutilam? E continuam vivos.

O problema é que o senhor trapaceia o prazer.

Quais as caixas de dores que o senhor preserva para poder ter prazer?

O senhor pode até não querer conhecer, mas deve carregar várias.

A questão da Irmãzinha é outra, ela conhecia e abria as caixas. O problema é que secaram antes de ela envelhecer.

O senhor viveria com uma dor onde o remédio a ser ingerido não faz mais efeito?

Perdoe-me, não tenho como ir adiante com o senhor.

Sim, tenho consciência de que quem está sendo julgada neste instante sou eu. Mas o direito de silenciar também é meu.

VOZ DE MENINO

Estou cansada.

Não, do senhor estou enfastiada.

Grata! Prefiro resistir a descansar em uma cela.

Os seus costumes não são os meus. Gosto de descansar abraçada com o ócio.

Não existe ócio na cadeia.

Serve para recuperar quem?

De quê?

Acredito que sim. É melhor retornarmos ao que o interessa.

Ela tem nome. Chama-se Joana.

Era véspera das festas profanas. Havia recebido uma carta, onde as letras falavam.

Saí de casa receosa. Não gosto da rua no período carnavalesco. Para ser sincera, não simpatizo com Jeri em feriados. A multidão atordoa-me.

O encontro foi marcado no ZCHOP. Restaurante localizado na rua principal.

Um local bacana com música ao vivo, sinuca, excelentes drinks e tem um detalhe a mais que curto bastante, as paredes. Elas são decoradas com mensagens deixadas pelos clientes. Por vezes, passo horas lendo aquela salada feita com ingredientes de saudades e despedidas.

Havia uma única mesa vazia, quase colada à artista que se apresentava naquela noite. Nela estava escrito "reservada", logo abaixo meu nome.

A cantora da noite tinha um rosto comprido, milimetricamente desenhado. Fiquei imaginando colocar meu indicador sobre seu queixo, tenho certeza de que o lábio tocaria no meu dedo. A luz branca em seu rosto negro contrastava.

Em desacordo a essa excelência, sua voz trazia a tensão entre a perfeição celestial da beleza divina e sua manifestação terrena e falha. Além de um olhar para baixo e para a esquerda, suspeito de si.

A trilha sonora, apesar de transmitir uma melancolia oposta aos dias que antecedem a quarta-feira de cinzas, compactuava com o som do mar de Jeri transbordando beijos, lágrimas e aplausos da plateia.

As sobras desse cenário eram tragadas pela cantora como um revés das vaias.

Ao encerrar o show, de súbito, Joana foi direto a minha mesa. Cada gesto calava. E, sem rodeios, falou que essa era sua última apresentação e que não suportava continuar sendo explorada, maltratada, enganada, nada...

Certificou-se de mim. Interrogou minha primeira pessoa, à medida que olhava para os lados, para trás e duvidava da mesa ao lado, fez-me em vão jurar lealdade. Até que a convenci de irmos para a Fundação.

Fomos para a Fundação e rompemos a madrugada com Joana a desenrolar um novelo de ataques a seu caráter e sua reputação e às imediatas reações de raivas e contra-ataques a si.

Ardente pelo sol, em um quarto escuro, a cantora descortinou sua vida.

Nome completo, Joana Menino.

Não, doutor, não era um apelido, a artista tinha herdado o sobrenome Menino.

Filha de João Menino e neta de Pedro Menino. O apelido teve origem com o seu avô, por ter uma baixa estatura.

Quando o pai de Joana foi se matricular na escola, não levou os documentos, no entanto, todos sabiam de quem ele era filho. Assim a própria instituição matriculou o então garoto como João Menino por ser filho de Pedro Menino. Daí a gênese da família Menino. Logo, todos os filhos de João vinham com esse prenome.

Sei que é notório nascermos com o peso do nome que nos define. Para Joana, a carga veio em dose dupla. Além de aprisionada pelo eterno menino que existia em si, durante seu batismo, ao imergirem na água em busca do renascer espiritual, da purificação de todas as culpas e pecados que desconhecia, ainda empenharam o masculino do pai naquilo que a identificava como ser humano.

A existência da família Menino se limita à cidade de Santa Cruz.

Isso mesmo, senhor Delegado, Joana era nativa do sertão de Santa Cruz.

Quando me falou, coloquei-me em seu lugar e fiquei a imaginar o sofrimento daquela linda moça. Pois nascer em Santa Cruz é muito complexo, viver em Santa Cruz é uma peregrinação e morrer em Santa cruz é um sacrifício. Ao mesmo instante, via em seus olhos que nosso encontro representava a liberdade dessas complexidades, das peregrinações e dos sacrifícios.

Além de conviver a vida toda como essa contradição escolar, Joana Menino era a segunda filha de um casamento que tinha terminado antes dela nascer.

Após sua mãe ter tido a primeira filha, iniciou entre o casal um processo de separação. Durante esse recorte temporal, a mãe de Joana fantasiou uma nova vida. Concluir a faculdade, cuidar do corpo, voltar para o mercado de trabalho. Reinventar-se.

Vigou o caiporismo. Numa fatídica noite de ausência da razão, engravidou. Mesmo que sua mãe tenha tentado por diversas vezes expulsá-la prematuramente do útero, Joana teimou em nascer.

Quando veio ao mundo, a cantora tinha um semblante totalmente diferente de sua irmã e em nada parecia com o pai.

Desconfiado, João passou a fazer uma série de acusações à esposa. Afora, a negação de um simples olhar à criança.

Não satisfeito, começou a desferir tiros de flagelação contra a mãe de Joana. Até que o patriarca deixou a casa.

O tempo foi passando e na contramão dos fatos Joana veio a se tornar cada vez mais parecida com o pai. A fisionomia, o andar e até o dom de cantar.

Até os sete anos, Joana não tinha noção do que representava para sua mãe. Vivia de correr entre os lajeiros, tomar banho nas cacimbas, comer manga verde com sal, e uma vez por outra gritava para ouvir o eco e o peru cantarolar.

Quando a noite caía, divertia-se com as sombras e aprendia a contar com o auxílio das estrelas sem apontá-las para não criar verrugas. Mesmo quando chegou à idade adulta, Joana acreditava que as estrelas são olhos de deusas livres a nos observar e que não aceitam serem aduzidas, apenas apreciadas.

Aos sete anos, sem aviso prévio, retiraram dela o véu da ingenuidade. A cara do pai no rosto da filha que não deveria ter nascido aflorava na mãe, de forma que não conseguia disfarçar, uma paixão impelida de desprezo, inveja e repulsa.

A menina de sete anos enxergou antes do tempo que as surras que sofria tinham significados maiores do que um castigo à traquinagem.

A artista durante sua fala, rica de rancores persistentes, relutando em perdoar insultos, injúrias ou deslizes, expôs a morte da pureza de sua alma.

Lembro dela narrar que as brincadeiras deixaram de ser lúdicas e viraram refúgio.

Ao sair de casa para brincar com outras crianças na rua, fazia xixi na calça para não ter que ir ao banheiro de sua moradia. Ao chegar, apanhava por estar exalando urina.

Sua irmã mais velha, ao presenciar os seguidos castigos, simultaneamente chorava e rezava para que Joana se curasse dessa doença de não controlar o xixi.

A menina ou o "Menino" evocava na mãe a natureza do sucesso funesto. A genitora acusava-a de não ter progredido profissionalmente e até mesmo de ter estragado todo seu corpo ao ter que parir a menina-menino.

Joana foi crescendo, e a beleza feminina do pai foi florescendo no corpo da cantora. Mas era proibida pela mãe de usar qualquer roupa que realçasse suas perfeitas proporções.

Espancamentos, culpas e desprezo ditavam o cotidiano da cantora.

Até que um dia, numa dessas noites sem fim, encontrou um João, e com menos de dois meses de relação, casou-se, sob as pragas da mãe.

Com João, Joana teve três filhos. O primeiro morreu. Em seguida, o segundo faleceu. Até que chega o terceiro. A este, parece que não restou nada para Joana dar.

Sem chances de provarem as suas inocências, João e o filho foram abandonados, acusados de traição.

Joana foi viver de sua música rodando de bar em bar e fugindo de um Delegado de polícia que a incriminava de abandono de incapaz.

Por um tempo, relacionou-se com outra mulher. A fim de descobrir o menino que existia em si. Pelo que observei, foi uma relação morna. Não deixou saudade nem vazio.

Sim, dessa vez concordo com o senhor, delegado. Ela era uma pessoa difícil. Existe sempre uma criança ferida em um adulto difícil.

Agora, discordo quando o senhor diz que ela foi má.

Joana, sem consciência, dava significados ocultos, de caráter humilhante ou ameaçador, a acontecimentos teoricamente benignos para ela.

Ela não tinha livre-arbítrio, assim como eu, o senhor e a humanidade inteira.

O Senhor, realmente, ainda acredita na lenda do livre-arbítrio?

Para Joana, crente que nunca deveria ter nascido e que foi a erva daninha na relação dos seus pais, que fracassou como mãe, em virtude de ter sido uma péssima filha, só restava como castigo retornar ao local de onde nunca deveria ter saído. A esfera da inexistência.

Antes de despedir-se da vida, aliás, das culpas e dos pecados, Joana retirou toda a roupa, e trajada de sublime e imponente, começou a cantar um soprano, que imortalizou nos meus ouvidos.

```
G  Em  G  D  Am  Em  D7
```

G   Em
O mio babbino caro,
                          G
mi piace è bello, bello;
    D   Am   Em
vo'andare in Porta Rossa
                   A   A7
a comperar l'anello!
     G   Em   G
Sì, sì, ci voglio andare!
        Em   G
e se l'amassi indarno,
    C   D   Em   G
andrei sul Ponte Vecchio,
                 Em
ma per buttarmi in Arno!
    C   D   C   Am
Mi struggo e mi tormento!
      D7   G
O Dio, vorrei morir! (D7 e Bis)
 Em   G
Babbo, pietà, pietà!
 Em   G
Babbo, pietà, pietà!

Ainda hoje, quem a viu cantar relata o deslumbre da sua voz e da sua beleza.

Comentam que um tal de Chico fez uma canção dedicada à Joana após se conhecerem em uma noitada regada de vinho, sexo e cigarro.

É importante frisar, que foi nessa sequência.

Cantada é mais ou menos assim:

```
Tom: C
  G7M            G6              E7    Am
Tentou contra a existência num humilde
barracão
      D7                  G7M    Am  D7/9-
Joana de tal por causa de um tal João
  G7M       G6       F#7         Bm7
Depois de medicada retirou-se pro seu lar
   Em    F#7     Bm7      Bbdim   Am  D7/9-
Aí a notícia carece de exatidão
G7M         G6
O lar não mais existe
```

```
            E7              Am
Ninguém volta o que acabou
  B7                        Em          Dm  G7
Joana é mais uma mulata triste que errou
  C7M               Cm7
Errou na dose, errou no amor
  Bm7         E7
Joana errou de João
Am          D7
Ninguém notou ninguém morou
  Dm              E
Na dor que era o seu mal
   Am      D7      G7M
A dor da gente não sai no jornal
```

Não sei se é o Chico comunista, Delegado.

A certeza que tenho é a beleza da canção, apesar de ter sida injusta com João.

O senhor não tem capacidade de compreender que a dor do outro, de fato, não se vê no jornal?

Deve ser por isso que julga Joana.

Não disse isso.

Por ele não ter sido justo com João, não significa que foi injusto com Joana.

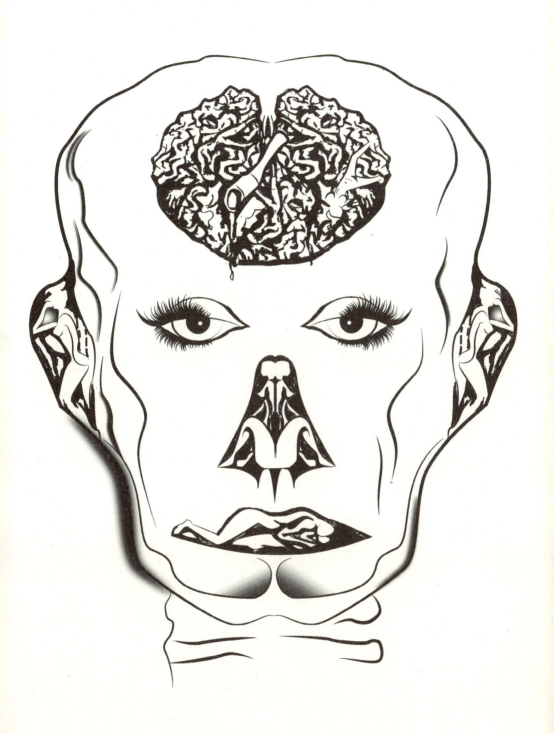

FIM

O senhor não tem o direito de me ameaçar.

Falei tudo que o senhor perguntou.

Tá esbravejei todos os adjetivos que Vanessa representa.

Lógico que não causei a pandemia. Quantas vezes tenho de repetir. Vanessa ocasionou tudo isso. Tudo que restou depois da pandemia foi o extremo do nada e todo esse estrago social.

O senhor não pode me prender.

Do que sou acusada?

Eu suplico, deixe-me ir. Não seja um desalmado.

Suas palavras são carregadas de ódio. O senhor não pergunta. E sim, acusa.

Que tantos delitos, crimes, faltas são essas, doutor?

Contra quem o senhor está dizendo que fiz isso?

O senhor particulariza tudo isso em nome de quem?

Fale, que só assim posso pedir perdão.

Eu sei que a interrogada sou eu. Mas preciso saber por quem estou sendo interrogada.

O senhor não se dirige a mim como Delegado e nem como autoridade qualquer. Aborda-me com aversão, responde-me com ira.

Não toque em mim. Vou falar. Desencaixar esses detalhes é matar-me de novo. A natureza cobrará isso do senhor.

Na verdade:

Eu gostava dela.

Eu gostava dela porque era ela.

Eu gostava dela porque era ela e porque era eu.

Era um fim de tarde de quarta-feira, dessas sem significado nenhum. Ao abrir a porta, a noite entrou acompanhada da memória da morte. Dei boas-vindas às duas, sentei na mesa de jantar e abri um vinho. Tomei uma taça, acendi um cigarro e resolvi deixá-las a sós.

Sem destino, comecei a caminhar pelos becos da vila de Jeri. Andar sem destino pode nos levar a um fado indesejado ou não.

Quando dei por mim, estava na rua principal, defronte ao ZCHOP.

Sem planos, sentei e resolvi continuar o vinho, um novo litro, uma outra uva.

Após o segundo gole, levantei e fui ler as mensagens deixadas nas paredes.

Escrito em letras garrafais, com mãos de quem bota cinza nos olhos, um recado havia sido escrito 15 minutos antes de eu chegar. A tinta ainda estava fresca.

Olá! Cheguei a Jeri hoje. Existe alguém só em busca de companhia. Eu ou Você?

Embaixo, data, horário e telefone.

De cara, o jogo de palavras me seduziu. Não tinha ideia se era um homem, uma mulher, velho ou novo. Afobada, resolvi ligar.

Não consegui me apresentar. Do outro lado da linha, só ouvi um "estou voltando".

Fiquei a imaginar quem seria. A voz era de mulher. Mas poderia ser um homem com voz afeminada.

Passei a olhar para todas pessoas que entravam no bar. Excluí os casais, representantes da maioria, e fiquei hipnotizada por um ente, até então, sem face.

Larguei o vinho, pedi uma dose de vodca. Ansiosa, tomei a primeira dose e tirei o gosto com dois dedos de angústia e uma pitada de aflição.

Pedi a segunda dose e, para não tomar caubói, engoli junto com um incontrolável estertor.

Quando olhei para o lado, vejo alguém mexer na mensagem.

Um esparramado de ciúme serenou sobre mim. Involuntária, comecei a caminhar em busca de preservar meu segredo de abelha. Até que paralisei, e a distância, a pessoa desenhava, cuidadosamente, ao lado da mensagem a cópia de uma borboleta tatuada em seu próprio antebraço. Ao virar-se, visualizei uma outra borboleta no seu dorso. Essa era azul.

Que tipo de pessoa gosta tanto de borboleta? Fiquei a refletir. De forma autônoma, os pensamentos começaram a dispor de várias suposições. Lagarta, crisálida, borboleta *versus* vida, morte e ressurreição. Metamorfose cristã? Borboleta azul não é a borboleta da sorte? Ela está a desenhar uma colorida, não são essas as mensageiras de alegrias e felicidades? Um turbilhão de subjetividade foi me possuindo, retirando-me o efeito da vodca.

Feito uma estátua pedestre, fiquei sem ir e sem vir. Após colocar o último amarelo do colorido da borboleta, ela virou-se e disse um olá. Aproximei-me, puxei uma cadeira e transformei-me em uma estátua sedestre. Vivas, só a visão e a escuta.

À primeira vista, nos ouvimos, nos falamos, nos beijamos e juntas corremos para ver a lua cheia dentro do mar.

Nuas, à beira-mar, saímos a gritar a fim de acordar Iemanjá e pedir sua bênção.

Subimos a duna do pôr do sol e lá nossos vultos se entrelaçaram.

Beijamo-nos e, mutuamente, a dedo, transformamo-nos em pianos humanos.

Vagarosa, ela manteve-me em pé, separou minhas pernas com as suas e foi descendo seu rosto por todo meu ser, até promover o encontro dos nossos lábios.

Em pé, com braços e pernas desabotoados ao vento, voei na sua boca.

Ao avesso de Ernesto, aqui o fim era sempre um recomeço. Mesmo com nossas pernas trêmulas, Vanessa não parou. Deitou-me com carinho na areia e, feito uma tesoura humana, fez com que seus lábios beijassem, amiúde, os meus.

Nesse amor entre iguais, pés, braços, mãos, dedos, queixo, joelho, tudo se transformou em um rabisco sexual. Nos bastávamos.

A lua indo, o sol chegando, e suave Vanessa passeava pelo meu corpo, causando um desgoverno de prazer.

Larguei tudo. A intensidade de cada hora com Vanessa figurava vinte e quatro horas.

Não nos interrogávamos. A orgia regava nossos dias.

Suave e gentil, do nada ela começava a tocar-me, na pressão exata.

As manhãs, as tardes, as noites, as madrugadas eram inundadas de toques, beijos, sorrisos, olhares sérios, abraços, coitos digitais, festas, olhares, despir-se, lamber, lembrar depois, às vezes morder devagarinho, às vezes gritar, respirar e suspirar juntas.

Não, doutor, nunca tínhamos nos visto.

Ao falar por mim, nunca tinha a visto.

Sim, isso sim. Ao olhar para trás, vejo que naquele dia, naquele instante, eu estava a amar. Amar tudo. Amar a mim, amar aquela mulher, amar o mar, a lua, a areia. Ao tocar nos meus seios e ao tocar nos seus seios, eu amava tudo, entende?

Amava cada toque, amava tanto que esquecia a existência dos ruins, das unhas sujas, do escroto, do excremento.

Aconteceu o que iria acontecer.

Depois de uma semana, vivendo, só vivendo, estávamos deitadas em meu quarto, ela beijou-me a cara, depois os lábios, massageou suavemente meus seios, daí, passei a fazer festa na sua vagina à base de *cunnilingus.*
Inesperadamente no meio do ato ela perguntou qual o homem da minha referência. De cara, pensei em Ernesto, mas a lembrança do meu pai envaideceu-se e tomou a frente. De costas, olhei para trás e o retratei.

Abraçada em minha cintura, com a buceta encostada na minha bunda, ela fala do seu homem.

Sua voz saiu trêmula e raivosa. Ao falar da cegueira do seu pai e do apreço que a tinha como filha. Fui suando, suportando, ando...

Ela continuou, agora colocando-o como vítima. Nesse aposto, tive a certeza de que conhecia a minha história e a do meu pai.

Virei meu corpo com o cotovelo em seu rosto, ao cair de bruços visualizei que sua borboleta azul na realidade era uma mariposa. Peguei-a pelos cabelos e joguei-a fora de casa e da minha vida.

Aos gritos, Vanessa jurou vingança em seu e em nome do seu pai. Desde esse dia, minha vida é só tormenta.

Vanessa abriu um bordel a um quilômetro da Fundação. Transformou Jeri em um antro de prostituição, em um ponto de turismo sexual.

Com o passar dos dias, o cabaré abriu mais portas, e eu, mais reclusa ficava.

Até que uma doença desconhecida e transmissível começa a se espalhar por toda a vila. Para alguns estudiosos, transmissível sexualmente. E que a proliferação em Jeri foi devido ao bordel.

Os contaminados passam a acreditar que já morreram há muito tempo. Essas pessoas se enxergam em uma realidade após a morte, não fazendo parte deste mundo. Acreditam que seus corpos estão apodrecendo de forma gradual.

Eles juram piamente que são cadáveres ambulantes. Passam a enxergar a si como uma exceção às regras da natureza. São mortos-vivos, conscientes da sua situação.

Defendem que seus órgãos estão a apodrecer, a partir da sensação de um vazio interno. Em seus relatos dizem que estão a sumir. Acreditam que não pertencem mais ao mundo e que sua família não existe mais. Pensam que estão a viver com fantasmas ou aparições, para sempre.

A vila ficou triste. E meus clientes, ao chegar à vila, eram logo contaminados. Com isso, não há o *quantum* de força para passagem ao ato.

A pessoa não tinha a energia que o suicida precisava, pois já estava morto. O defunto não se suicida, pois, ao se sentir morto, não pode mais morrer.

O sentimento da imortalidade gerou uma melancolia coletiva. Pois a ideia de não poder jamais morrer, mesmo estando vazio, apodrecendo e convicto de que é um eu que não nasceu morto, mas sua vida é natimorta, gerou assassinatos entre os contaminados por meio de violências físicas, em razão do desespero e da ideia da imortalidade. Espancamentos, tiros, esfaqueamentos tonaram-se atos comuns na vila.

Ao sentir que era impossível continuar vivendo em Jeri, com medo de ser contaminada e a Fundação incapaz de se sustentar, resolvi ir embora. Foi aí que o senhor e seus capangas invadiram minha casa, e ao ver que estava fazendo minhas malas, acusaram-me de estar fugindo.

São 17 horas, Dr. Justino. Não tenho mais o que falar.

Por qual motivo teria de fugir, doutor?

O senhor é louco. Qual minha participação nessa pandemia?

Não tenho ideia do que foi feito de Vanessa. Enquanto borboleta, ela não passa de uma lagarta voadora.

Delegado, eu não estou contaminada. Tenho força para morrer e é por isso que possuo força para viver. Não acredito nos vivos que não morrem, por isso não acredito no senhor.

Eu me enganei, doutor.

Na verdade:

Eu gostava dela.

Eu gostava porque ela não era ela.

Eu gostava dela porque ela não era ela e porque eu era eu.

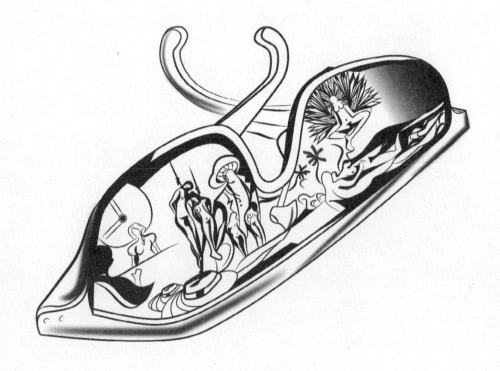

P.S.
PUTATIVO

Muitas pessoas me perguntam o que aconteceu naquela delegacia após as 17 horas.

Não acredito saber descrever com a graciosidade metafórica que a linguagem literária merece. Até porque sou apenas um escrivão e não um escritor. Tudo que apresentei ao ilustríssimo leitor ou leitora nada é de minha autoria, apenas transcrevi o inquérito.

Por vezes, durante o inquérito, vi minhas lágrimas caírem sobre meu teclado. Em outros momentos, me indignei. Teve instante em que fui consumido pelo ódio. Nos outros, utilizei o intervalo para ir ao banheiro me masturbar.

Mas em respeito a você, não seria justo publicar somente o que colhi na oitiva, sem desfecho ou sentença.

Apesar de já ter passado dez anos do ocorrido, hoje, já aposentado, lembro com detalhes daquele fatídico dia.

Quando fui trabalhar naquela delegacia, em Jijoca, vizinho a Bela Cruz, havia pouco tempo em que Dr. Justino tinha assumido como Delegado.

O desfecho daquele dia foi trágico. Dr. Justino ainda não tinha dado como encerrado a oitiva, entanto, quando o Delegado retira os óculos espelhados, a interrogada levanta-se e começa a gritar, dizendo que agora lembrava dele e que enfim entendia os porquês de tanta perseguição e ódio.

Ao sentir-se desrespeitado, Dr. Justino saca a arma e dá voz de prisão para a moça.

Levanto-me e peço calma.

Na ocasião, Dr. Justino olha para mim e, na velocidade do desespero, a moça arrebata a arma da mão do Delegado, e automaticamente eu saco a minha e atiro contra ela.

Desesperado consigo, com seus procedimentos, comigo e com tudo que eu não conseguia enxergar, o Delegado apanha sua arma roubada e atira por duas vezes contra si.

Contudo, essa história não se encerra por aqui. Para entender melhor tudo isso, vou fazer uma explicação seguindo um caminho contrário ao que você provavelmente deve estar a imaginar.

Quem é Dr. Justino?

Após esse ocorrido, pedi uma aposentadoria antecipada. Passei cinco anos recluso, a fazer todos os tratamentos psíquicos que possa imaginar.

Até que um dia, consciente de que só iria ficar recuperado quando entendesse melhor aquela situação, parti em busca das pegadas do Delegado.

Primeiro, resolvi me perguntar, assim como todos na Delegacia se perguntavam, como Dr. Justino, com todas suas limitações cognitivas, conseguiu chegar a ser Delegado de uma Delegacia do porte de Jijoca?

Vejam bem, Jeri é um distrito de Jijoca, é uma das praias mais movimentadas do mundo, logo recebe gente de todos os cantos, trazendo problemas de todas as formas e em línguas diferentes, isso exigiria e exige especialistas em segurança de grande competência.

Em busca dessa e de outras respostas, fui a Bela Cruz caminhar pelas ruas onde Dr. Justino nasceu, cresceu e atuou como Delegado, para, assim, tentar entender, humanamente, como se tornou a pessoa que foi.

A entrada da cidade já é a avenida principal, que traz o nome de Dr. Justino como homenageado.

Para ser mais exato, Dr. Justino Filho. Posto que o velho Dr. Justino já leva o nome da principal praça de Bela Cruz.

Como seus pais tinham falecido, era filho único e a viúva e os filhos saíram do país para não falarem do suicídio, o único caminho que encontrei foi procurar algum amigo de infância do Delegado.

Para chegar a esse amigo, fui à Delegacia local convicto de que obteria, como ex-policial, dialogar na mesma altura com meus comparsas e com certeza conseguiria as informações necessárias.

Aconteceu.

Apresentei-me ao Delegado local como amigo de Dr. Justino e que estava querendo escrever sobre sua história e, assim, manter viva sua memória.

O então Delegado, Dr. Silva, cordialmente levou-me à casa do ex-agente Patrício. Um amigo de infância do Dr. Justino. Os dois são praticamente da mesma idade, cresceram juntos, inclusive ingressaram na mesma época na carreira policial, chegando a ser contemporâneos de academia.

Patrício, já aposentado, levava uma vida simples. Por não ter como se sustentar com o dinheiro da aposentadoria, tinha uma banca de verdura no mercado.

Ao ser apresentado e saber do que se tratava, foi solícito.

Iniciei a indagar sobre o pai de Dr. Justino. O ex-agente disse se tratar de um legista que por muitos anos trabalhou na capital e, ao se aposentar, voltou para sua terra natal, Bela Cruz.

Explicou também que, quando o velho retornou para Santa Cruz, mesmo já aposentado, ainda era solteiro e aqui conheceu a esposa, Dona Socorro. Uma mulher vinte anos mais nova e que viria a ser a mãe de Dr. Justino Filho.

Os dois foram casados por cinco anos, até a morte da esposa. Patrício não soube explicar a causa da morte.

Revelou o ciúme do legista e chegou a dizer que por vezes era violento com a esposa. Mas ao narrar essa última parte, justificava o ato, ao dizer que se tratava de uma mulher muito nova para o legista e, para agravar, gostava de ir à missa com roupas não convenientes para o local.

Sabe-se apenas que a mulher começou a ficar calada, não tomava banho, não se alimentava, deixou de cuidar do filho e de sair de casa. Chegaram a chamar rezadeiras, mas não teve jeito. O resultado da autópsia é que morreu de tristeza.

Nunca mais o velho casou e Dr. Justino Filho passou a ser criado pelo pai e as empregadas.

Patrício, em um determinado instante, deixou escapar que na realidade Dr. Justino não queria ser Delegado, sonhava em ser um profissional que cuidasse da cabeça dos outros. Ao contar isso ao pai, levou uma surra e nunca mais teve a coragem de tocar no assunto. Assim, obedecendo ao sonho paterno, entrou para a vida policial.

Patrício contou, também, que ainda como agente, o futuro Delegado apaixonou-se por Emília, namorada de um forasteiro cubano. Devia ser um comunista, disse Patrício. Por isso, os dois amigos, em nome da justiça, começaram a investigar a vida do rapaz e a ir diariamente em sua casa.

Nessa mesma época, estava sendo lançada a campanha "O Senhor é Vida" proibindo toda forma de suicídio na cidade.

O pai de Dr. Justino havia dado apoio incondicional ao prefeito eleito da época, que após assumir, promoveu Dr. Justino Filho a Delegado e coordenador da repressão ao suicídio.

Como Delegado, escalou Patrício, quase que exclusivo para investigar o cubano. Algumas vezes para ganhar um extra, o ex-agente auxiliava no necrotério. É isso mesmo, no necrotério.

Conforme consegui colher, na época existia um necrotério particular, administrado pelo velho Justino. Onde todos os mortos da cidade, por obrigação, antes de serem enterrados, tinham que passar por uma necrópsia para saber se foi ou não suicídio. Não importava a causa morte, morreu, era encaminhado para o necrotério.

O necrotério privado era mantido pela prefeitura e recebia uma quantia por defunto autopsiado.

Quando perguntei, sutil, ao Patrício se ele concordava com essa conduta, o homem ficou meio desconcertado. Ponderou ser uma questão de controle da lei vigente na época e só discordava dos anjinhos também serem necropsiados antes de seguirem o caminho do Céu.

Ao retornar para o cubano, Patrício falou que a maior acusação existente contra o forasteiro, era de ser contra a lei "O Senhor é Vida" e apoiar os chapeleiros artesãos.

No dia do aniversário da cidade, enquanto todos estavam em festa, inclusive Patrício, o cubano anoiteceu e não amanheceu.

O ex-policial relatou que toda a corporação, inclusive das cidades vizinhas, foi acionada para prender o meliante, mas não conseguiu.

Como aprecio as histórias de amor, perguntei por Emília. No meu raciocínio, teria ficado livre para ser amada por Dr. Justino.

Patrício asseverou que esse também era o pensamento do Delegado. Mas infelizmente o caminho de Emília foi o mesmo de Dona Socorro.

No dia do seu velório, Patrício contou que os dois foram para um bordel da cidade, nesse dia até o prefeito estava por lá, beberam bastante e de forma repentina começou uma grande confusão no quarto onde estava o excelentíssimo, causando-lhe, inclusive, a perda de visão.

Todo o cabaré veio abaixo com a confusão. Dr. Justino, embriagado, tentou correr atrás da prostituta causadora do problema.

Próximo a pegá-la, tropeçou em uma cadela, que pelo pouco que entendi do discurso de Patrício, a cachorra ausente de qualquer informação sobre Dr. Justino, isto é, sem saber se ele estava bêbado, se era Delegado, se estava correndo atrás de uma meliante, enfim, respondeu ao atropelo na altura, avançou no rosto do Delegado causando uma cegueira em seu olho esquerdo.

Patrício relata que nessa época as coisas já estavam a desandar. Pois o principal assessor de Dr. Justino no combate ao suicídio tinha tirado a própria vida, meses antes da confusão no cabaré, causando diversos protestos na cidade.

Com a então perda de visão do prefeito, os protestos e a morte do velho Justino, o Delegado tornou-se introspectivo e revoltado.

Foi nesse momento que o ex-agente explicou como Dr. Justino tornou-se Delegado em Jijoca.

Apesar de cego e fora do poder, o ex-prefeito ainda tinha prestígio com o governador. E após exigir de Dr. Justino uma jura por vingança, conseguiu a transferência do Delegado para Jijoca.

Ao perguntar por que o amigo não acompanhou o Delegado, ele disse que tinha ouvido falar não sabe onde, mas acreditou, que a raiva é filha do medo e mãe da covardia.

Saí da casa de Patrício, entrei no carro e fui direto, sem paradas, para a Vila de Jeri.

Ao chegar à Vila, fui logo para a Fundação. Localizada distante da rua principal, ao lado do cemitério. Ainda hoje permanece fechada, por ser considerada um lugar assombrado.

Ao chegar defronte, olhei para o relógio, marcava 17:48.

O velho casarão estava intocável. Abri a porta, dessas que têm saia e camisa e dei de cara com um local todo sinalizado, como se existisse um grande trânsito dentro da casa.

Na sala, um sofá velho, um ventilador e uma tela de um planeta Terra cheio de cruzes.

Quando me aproximei do quadro, olhando as cruzes da esquerda para a direita, dava a impressão da sequência, detalhada, em movimento de uma pessoa sendo crucificada. Já da direita para a esquerda, a mesma sequência ao contrário. A pessoa sendo retirada da cruz. Aquilo era surpreendente, uma descrucificação.

Ao seguir o circuito proposto, chego até a cozinha. Facas milimetricamente amoladas decoram o espaço. Ao lado da pia, um manual de como fazer churrasco.

No corredor, entre a cozinha e o quarto, um quadro de uma pessoa com o rosto dividido. Observado de perfil, são duas pessoas iguais a se beijar.

Adentro o quarto, e na cabeceira da cama uma escultura gigante de uma borboleta que dá uma impressão que voará a qualquer instante.

Na mesinha ao lado, um gasto cortador de charuto que servia de peso a uns versos de algum poeta desconhecido.

    Não me deixe
        É preciso esquecer
    Tudo pode ser esquecido
        O que já ficou pra trás
    Esquecer o tempo
        Dos mal-entendidos
    E o tempo perdido
        Tentando saber como
    Esquecer as horas
        Que as vezes matam
    A golpes de porquês
        O coração feliz
    Não me deixe
        Não me deixe
    Não me deixe

Envolvido em uma quimera musical, passei a imaginar a melodia a ser colocada nesses versos desconhecidos.

Com a linha melódica, desatinada, ao fundo, fiquei a pensar o que *Ella* iria fazer com aquela arma? Qual o tamanho da dor de Dr. Justino depois de tantas perseguições em vão? Como os dois suportaram viver tanto tempo na aflição, peregrinando a todo instante em meio a tantas provações?

Ao insistir nesses golpes de porquês, indaguei-me: considerando meu amigo Pedro, a nossa vocação não é viver na alegria? Como, então, alguém consegue existir eternamente a moer tristeza para transformá-la em porções de ódio?

Retornei à tela do planeta Terra. Frente a frente, estático, os devaneios tomaram conta de mim. Vozes proferiam que as cruzes nos mostram uma maneira diferente de medir o sucesso.

Assustado, lembrei-me dos esforços e do fracasso de Cristo na cruz.

Qual o maior fracasso? *O Dele, O Della ou o meu?*

A escuridão chega, percebo que o local está sem energia. Olho para todos os lados, não existem resquícios de morte, de corpos. Onde foram parar os cadáveres? O cemitério fica ao lado...

Ébrio de mim, resolvo ir embora, e ao olhar a porta pelas costas, lá estava, escrito em letras MÁS:

O PINTOR
TRAPACEOU
A PAISAGEM

A PAISAGEM
TRAPACEOU O
PINTOR?

Grato!

Aos ouvidos de Percy Galimbertti. Sem sua escuta, não conseguiria ter ouvido a voz dELLA.

Ao professor Hermeson Veras, ao professor Rafael Barros, à professora Kátia Roberta e ao professor Reginaldo Parente, por terem paciência de revisar rabiscos.

Ao Padre Emídio e Dr. Audy, por terem oportunizado minha contribuição do parto e do cuidar da ViaSapiens.

A Luiz, Osvaldo e Malu (desaparecida), meus gatos, que me hospedaram e suportaram comigo as madrugadas decisivas na conclusão deste livro.

Literare Books International
Copyright@ 2021 by Carlos Dias

Grafia atualizada segundo o Acordo Ortográfico da Língua Portuguesa de 1990, que entrou em vigor no Brasil em 2009.

Presidente:
Mauricio Sita

Vice-presidente:
Alessandra Ksenhuck

Diretora executiva:
Julyana Rosa

Diretora de projetos:
Gleide Santos

Relacionamento com o cliente:
Claudia Pires

Capa e projeto gráfico
Matheus Lucas e Chico Marçal

Ilustração
Chico Marçal e Matheus Lucas

Revisão
Hermeson Veras, Rafael Barros,
Kátia Roberta, Reginaldo Parente e Rodrigo Rainho

Apresentação
Percy Galimbertti

Os personagens e as situações desta obra são reais apenas no universo da ficção; não se referem a pessoas e fatos concretos, e não emitem opinião sobre eles.

Literare Books International
Rua Antônio Augusto Covello, 472
Vila Mariana - São Paulo, SP.
CEP 01550-060
Fone: +55 (0**11) 2659-0968
site: www.literarebooks.com.br
e-mail: literare@literarebooks.com.br

Dados Internacionais de Catalogação na
Publicação (CIP)
(EDOC Brasil, Belo Horizonte/MG)

```
        Dias, Carlos.
D541e     Ella / Carlos Dias. - São Paulo,
SP: Literare Books International, 2021.
          16 x 23 cm

          ISBN 978-65-5922-144-8

        1. Ficção brasileira. 2. Literatura
        brasileira - Romance. I. Título.
                             CDD B869.3
```

Elaborado por Maurício Amormino Júnior - CRB6/2422

Fontes:

iCel Rukola
Kingthings Trypewriter 2